Der Mann

Eine Geschichte von heute

Elbert Hubbard

Writat

Diese Ausgabe erschien im Jahr 2023

ISBN: 9789359255101

Herausgegeben von
Writat
E-Mail: info@writat.com

Nach unseren Informationen ist dieses Buch gemeinfrei.
Dieses Buch ist eine Reproduktion eines wichtigen historischen Werkes. Alpha
Editions verwendet die beste Technologie, um historische Werke in der gleichen
Weise zu reproduzieren, wie sie erstmals veröffentlicht wurden, um ihre
ursprüngliche Natur zu bewahren. Alle sichtbaren Markierungen oder Zahlen
wurden absichtlich belassen, um ihre wahre Form zu bewahren.

Inhalt

KAPITEL I. ICH SELBST. ....- 1 -

KAPITEL II. UNS SELBST. ....- 8 -

KAPITEL III. EIN WENIG LOKALE GESCHICHTE. .....- 11 -

KAPITEL IV. MANCHE DINGE. ....- 13 -

KAPITEL V. VERLOREN. ....- 15 -

KAPITEL VI. DIE BLOCKHÜTTE. ....- 18 -

Kapitel VII. DER MANN. ....- 20 -

KAPITEL VIII. ERSTER SONNTAG – EIN BLICK UM. - 23 -

KAPITEL IX. MARTHA HEATH. ....- 28 -

KAPITEL X. ZWEITER SONNTAG – IN DEN WALD. ..- 31 -

KAPITEL XI. IST ES SO? ....- 34 -

KAPITEL XII. DRITTER SONNTAG – VORLÄUFIG. ...- 38 -

KAPITEL XIII. VIERTER SONNTAG – ATMOSPHÄRE. - 42 -

KAPITEL XIV. FÜNFTER SONNTAG – EINE OFFENBARUNG. ....- 46 -

Kapitel XV. SHAKESPEEARIANA – „WAHRHEIT, HERR." - 52 -

Kapitel XVI. SECHSTER SONNTAG – DER MANN FORTSETZT DIE WAHRE GESCHICHTE VON SHAKESPEARE. ....- 56 -

Kapitel XVII. DIESE ZWEI. ....- 58 -

Kapitel XVIII. SIEBTER SONNTAG . – DAS GEHEIMNIS DES ERFOLGS. ....- 64 -

KAPITEL XIX. ACHTER SONNTAG – DIE LIEBE DER FRAU. ....- 72 -

KAPITEL XX. DIE FESTNAHME. ....- 78 -

KAPITEL XXI. VERFOLGUNG. ....- 82 -

KAPITEL XXII. ÜBRIGENS. ....- 88 -

KAPITEL XXIII. DER GEFRIERSCHRANK. ....- 92 -

KAPITEL XXIV. DER PROZESS. ....- 96 -

FUSSNOTEN: ....- 99 -

KAPITEL I.
ICH SELBST.

Was ich zu schreiben habe, ist von so großem Wert, die Umstände so eigenartig, die Aufzeichnungen so seltsam und die Wahrheiten so verblüffend, dass es nur angebracht ist, dass ich erkläre, wer und was ich bin, damit jeder Mensch, der so veranlagt ist, Ich kann die Dinge, die ich erzählen werde, selbst vollständig überprüfen.

Gerade in der ruhigsten Stunde aller vierundzwanzig Stunden in der Stadt, an einem Sommermorgen, als die Dunkelheit hartnäckig dem Tageslicht weicht, ertönte ein heftiges Klingeln an Mr. Hobbs' Türklingel, gefolgt von was schien ein ziemlich unnötiges Klopfen zu sein.

Mr. Hobbs interessierte sich für einen Aufzug, und als er das Klingeln hörte , war er sicher, dass der Aufzug abgebrannt war – tatsächlich ahnte er, dass dies der Fall sein würde; Darüber hinaus hatte Mr. Hobbs immer eine gute Auswahl an Ängsten bei sich, die jederzeit einsatzbereit waren.

„So, habe ich es dir nicht gesagt?" rief er aufgeregt zu seiner Frau, als er die Treppe hinunterstürmte – er hatte seiner Frau nichts erzählt, sondern nur seine Ängste in seinem eigenen Busen unterdrückt und sie gären lassen, aber das machte keinen Unterschied – „Habe ich es dir nicht gesagt ? " !" und er schloss hastig die Tür auf und öffnete sie. Niemand da!

Er blickte die Straße hinauf und hinunter. Nichts weiter als ein Wäschekorb, über den ein fadenscheiniger Schal gehüllt war, der offenbar vor langer Zeit sehr teuer gewesen war. Mr. Hobbs erwartete einen Boten mit schlechten Nachrichten und Mr. Hobbs war enttäuscht, ja sogar verrückt; Und er schnappte sich den Schal aus dem Korb, stolperte gegen die Tür, und eine Stimme, wie die eines jungen, kräftigen Stieres, erklang die Treppe hinauf, wo Mrs. Hobbs stand und über das Geländer spähte:

„Maria, um Himmels willen, komm schnell! Es ist etwas Schreckliches passiert! Schnell, ja!"

Frau Hobbs war nicht sehr mutig, aber Neugier stärkt oft den Mut; So kam die gute Dame die Treppe hinunter, zwei Stufen auf einmal, und stellte sich an die Seite ihres Lehnsherrn, der inzwischen wieder zu Atem gekommen war und über den Korb spähte.

Und da standen sie zusammen, ganz in Weiß, mit bloßen Füßen, auf der Veranda und fast am helllichten Tag.

In dem Korb lag, ganz in zierliches Flanell gehüllt, lächelnd, gurrend und auf die Fersen schlagend, ein Baby – nun ja, vielleicht zwei Monate alt, und auf einer mit Bleistift geschriebenen Karte standen diese Worte:

" *Gott weiß.* "

Herr und Frau Hobbs hatten keine Kinder, und jeder betrachtete dies als ein Geschenk der Vorsehung – mit allem Drum und Dran. Sie kümmerten sich um das Waisenkind wie um ihr eigenes Kind, und wenn ihre Belohnung nicht in diesem Leben kommt, bin ich sicher, dass sie es in einem anderen Leben tun wird.

„Ihr Name soll Aspasia Hobbs sein, denn ich sagte immer, mein erstes Mädchen (Mr. und Mrs. Hobbs waren seit fünf Jahren verheiratet und hatten keine Kinder, aber die Babys hatten bereits Namen; was, wie mir gesagt wurde, der übliche Brauch ist) sollte Aspasia heißen, nach deiner Mutter, meine Liebe", sagte Mrs. Hobbs.

Und Aspasia Hobbs war es und ist es noch immer: und ich bin Aspasia Hobbs: und Mr. und Mrs. Hobbs sind die einzigen Eltern, die ich je gekannt habe.

Ich bin jetzt eine alte Jungfer, siebenunddreißig Jahre alt (ich muss die Wahrheit sagen). Ich bin heimelig und kantig und kann die Straße entlanggehen, ohne dass sich ein Mann umdreht, um mich anzusehen. Durch das fünf Jahre dauernde Klopfen auf einem Kaligraphen sind meine Hände groß geworden und meine Knöchel und Fingerspitzen sind wie Knöpfe. Ich kann zwanzig Meilen pro Tag laufen oder fünfzig Meilen mit dem Rad fahren.

Der Bischof von West-New York sagte in einer kürzlich gehaltenen Predigt, Fahrradfahren sei „undamenhaft" (und das gilt auch für die Gesundheit) – aber wenn der gute Bischof Vorurteile beiseite legen und sich kleiden und eine Sicherung anbringen würde, könnte er es immer noch Zeigen Sie den Männern den richtigen Weg, genauso gut wie jetzt – möglicherweise besser, wer weiß?

Aber um es mit den Worten von Spartacus zu sagen: „Ich war nicht immer so." Dem Himmel sei Dank, ich bin stark und gesund! Sie pflegten zu sagen: „Sie ist so ein zartes, sensibles Kind, wir können sie nicht behalten, ohne dass wir uns sehr, sehr gut um sie kümmern." Irgendein Idiot hat gesagt, dass jedes Jahr Hunderte von Menschen sterben, weil sie so „sehr gut" versorgt werden.

Mein Vater war Mitglied der Firma Hobbs, Nobbs & Porcine, Mitglied der Handelskammer und hatte daher keine Zeit, sich um seine Kinder zu kümmern; aber er war ein guter Versorger, wie die alten Damen sagen, und erinnerte uns oft daran. „Besorge ich dir nicht alles, was du brauchst?" Er brüllte einmal meine Mutter an, als sie andeutete, dass es nicht fehl am Platz wäre, ab und zu abends nach Hause zu gehen. „Hier oben haben Sie ein Mädchen, eine Köchin, eine Wäscherin, einen Kutscher, einen Gärtner, einen Nachhilfelehrer für Aspasia, und zahle ich Doktor Bolus nicht nur fünfhundert Dollar im Jahr, um jede Woche hier anzurufen und Sie alle zu untersuchen? damit du gesund bleibst? Großer Scott, die Undankbarkeit der Frau! Es wird von Tag zu Tag schlimmer!"

Mein Vater war ein guter Mann – das heißt, er war nicht schlecht, also muss er gut gewesen sein. Er hat nie Tabak konsumiert, und ich habe ihn nur ein einziges Mal fluchen hören, und das war, als Professor Connors einen Gesetzentwurf mitbrachte, in dem es hieß:

„Schuldner, für Calisthenics für Frau und Tochter, 50 $."

„Ich werde es bezahlen", sagte mein Vater grimmig, „aber ich werde es von Bolus' Scheck abziehen, denn du sagst, es ist für die Gesundheit und deshalb gehört es zu Bolus' Abteilung, und er hätte die Waren liefern sollen."

Wir wohnten in der Delaware Avenue, in einem der schönsten Häuser, das mein Vater gekauft und komplett eingerichtet hatte, bevor meine Mutter oder einer von uns eintreten durften. Er war ein guter Mann und wollte uns in Erstaunen versetzen, das heißt überraschen. Eines Samstagabends sagte er beim Abendessen:

„Am Montag, meine Lieben, werden wir diese alte Straße in Michigan verlassen und in ein Haus an der ‚Avenue' einziehen. Ich habe unsere Bank in der Grace Church aufgegeben, und morgen und in Zukunft, Rev. Fred. C. Inglehart und Delaware Avenue sind für uns völlig ausreichend."

Unsere Familie besitzt das schönste Denkmal in Forest Lawn, und Vater versicherte uns, dass dieses Denkmal neu sein würde, wenn Methusalah jetzt ein Junge wäre, wenn seine Urenkel an Altersschwäche starben. Er wurde begeistert und fügte, während er in Träumereien verfiel, hinzu:

„Es ist ein normaler James Dandy und schlägt Rodgers und Jowette in einer Runde aus."

Ich bin Absolvent der Dr. Chesterfield-Akademie und auch der High School. Ich habe Musik bei Mr. McNerney und Senor Nuno studiert, Reden bei Steele Mackaye ; und Vater bot Mr. Porcine einmal eine Wette an, dass „Aspasia jedes Mädchen auf der Avenue oder Franklin Street am Klavier verwöhnen könnte ."

die Gesellschaft ging, hatte ich die üblichen Liebeserlebnisse (wie wird dieses Wort missbraucht!). Ich schreibe keine Autobiographie, sondern erzähle lediglich, was Sie unbedingt über mich wissen müssen; andernfalls würde ich ein fades Geschwätz über Flirts mit mehreren vergoldeten Jünglingen erzählen, die herrlich Walzer tanzten und abscheulich Liebe machten – ganz so, als ob ein Mann Liebe *machen könnte! Aber es genügt zu sagen, dass ich in jenen alten Tagen nie einen Mann getroffen habe, von dem ich mich nicht trennen konnte und der nicht erleichtert war, wenn er seinen* „ Darby " und seinen schlanken Gehstock genommen und ihn die Treppe hinuntergeschleppt hatte. Mama sagte, ich sei herzlos und hätte keine gute Chance gehabt, als ich es sah.

Eine kleine Angelegenheit des Geldbeutels – das heißt, meines Herzens – könnte erwähnt werden. Ein gewisser Anwalt, mit Namen Pygmalion Woodbur – die alten Buffalonier kennen ihn gut – erwies mir auf unbehagliche und gestelzte Weise seine Aufwartung. Er war zehn Jahre älter als ich und hatte einen monströsen gelben Schnurrbart, der meist schwarz gefärbt war und den er bis ins Gesicht kämmte. Er trug das Neueste und galt als toller Fang. Wie diese alten Junggesellen in der Stadt von einer bestimmten Gruppe von Frauen gefeiert werden!

Er rief mehrmals an, lud sich selbst zum Abendessen ein, nahm Mama mit und warf Seitenblicke – Grimassen – in meine Richtung. Eines schönen Abends saß ich allein im Wohnzimmer und las, als Mr. Woodbur hereinkam und ungefähr so begann:

„Aspasia – ich darf dich jetzt vielleicht bei deinem Vornamen nennen, nicht wahr ? – und du musst mich kurz Pyggie nennen. Ich habe gerade mit deinem Vater gesprochen und er sagt, es sei alles in Ordnung", usw., usw., usw.

Er rutschte auf den Knien vom Sofa herunter, ergriff meine linke Hand und küsste sie heftig.

Schöne Dame, wurden Sie schon einmal von einem Mann mit einem großen gelben, schwarz gefärbten Schnurrbart geküsst? Nun, es ist, als würde man mit einem Pinsel stechen!

Nachdem er nun seine schlecht auswendig gelernte Rede gehalten hatte und ich meine Hand weggezogen hatte, entstand eine Pause. Ich versuchte zu lachen und ich versuchte zu weinen; dann versuchte ich in Ohnmacht zu fallen und war zu verrückt, um beides zu tun; also tobte ich einfach innerlich und dann kam die Explosion –

"NEIN! NEIN! NEIN! tausendmal *nein* ! Bleib bei dir, Woodbur ! *Niemals!* Ich hasse dich – verschwinde schnell aus meinen Augen!"

In diesem Moment kamen Papa und Mama herein, die sich offenbar am Schlüsselloch umdrehten .

"Warum! Warum was ist mit meinem kleinen Mädchen los?", und ich fiel schluchzend in die Arme meiner Mutter.

„Sie müssen sie entschuldigen, Mr. Woodbur ", sagte die gute Dame. „Seit ihrem Sonnenstich hat sie diese Anfälle ziemlich oft. Du wirst sie entschuldigen, das weiß ich."

„Warum, wann wurde das Mädchen geschlagen! „Du hast mir nie etwas davon erzählt", unterbrach ihn mein Vater.

„Nun, Hobbs, sei kein Narr", sagte meine Mutter leise.

Vater begann zu antworten. Woodbur erkannte seine Chance und flüchtete im Schutz des Rauchs und vergaß, zurückzukommen, um seinen Regenschirm zu holen, den ich jetzt mit einem weißen Band zusammengebunden und mit Minze und Lavendel verstaut habe, als Erinnerung an vergangene Tage – und das Beste daran Ich kann von den vergangenen Tagen nur sagen, dass sie vergangen sind.

Mit der Zeit schien das Leben langweilig und schwer zu werden, meine Wangen wurden blass, und im Sommer saß ich oft vom Frühstück bis zum Abendessen mit einem weißen Kreppschal um die Schultern auf der Piazza und beobachtete lustlos die Passanten . Mutter sagte: „Armes Mädchen, ich wünschte, sie würde nur noch einmal so wütend werden wie früher. Sie ist so gut und unterwürfig." Doktor Bolus sagte, ich brauche Lebertran mit starken Dosen Chinin und einmal pro Woche Glaubersalze in Melasse und Schwefel ; Doch trotz allem, was die Medizin für mich tun konnte, wurde ich immer schwächer. Ich ernährte mich von Mrs. Hemans und Tupper, und schließlich trugen sie mich täglich zur großen Kutsche hinaus, und der Kutscher wurde angewiesen, sehr langsam zu fahren, und wir gingen durch den Park hinaus zum Forest Lawn und schauten uns unser Familiendenkmal an. der im wunderschönen Sonnenschein glänzte.

Mutter fuhr im Allgemeinen mit mir, und eines Morgens ließ sie mich in der Kutsche warten, während sie in die Nähe unseres „Grundstücks" fuhr, damit sie das Denkmal genauer betrachten konnte. Während er wartete, drehte sich der Kutscher zu mir und sagte:

„Missis, Ihr Vater ist kaputt, Ihre Mutter weiß es nicht; Aber Sie sind kein Dummkopf, Missis, und ich dachte, Sie sollten es wissen, um sich freundlicher vorzubereiten. Sie haben die Pferde und Kutschen erfunden und werden sie nächste Woche verkaufen – sehen Sie? Und meine Frau sagte, dass du der Einzige bist, der Verstand hat, und ich sollte dir die Neuigkeit einfach überbringen, wie – siehst du?"

Ich hörte ihn reden, schien aber nicht zu verstehen, was er sagte; aber ich spürte, wie mein Herz schneller schlug und mir das Blut in die Wangen lief. Die alte tote Unterwürfigkeit war verschwunden und ich sagte:

„John, sei still und wiederhole mir, was du zuerst gesagt hast."

„ Nichts ", sagte John, „nur dass dein Vater Pleite gegangen ist und nach Kanada abgehauen ist und CJ Hummer und die anderen dich nächste Woche rausholen werden. "

Ich sah seinen betrübten Ton oder fühlte ihn vielmehr und sagte:

„John, ich wollte dich nicht verärgern."

„Macht nichts, Missis, ich habe keinen Gefallen zu streichen, und selbst wenn ich es täte, könnten Sie mir keinen gewähren – denn Ihr Vater ist verhaftet, verstehen Sie ?"

Mutter kam vom Denkmal und war, wie ich sah, sehr verärgert.

„Smythe hat kaum ein Fundament darunter gelegt", sagte sie, als sie in die Kutsche stieg. „Das Gewicht von oben drückt nach und nach auf den Boden, und ich glaube, es ist volle fünfzehn Zentimeter nach Westen gekippt."

„Es geht wahrscheinlich darum, nach Westen zu gehen, um mit dem Land aufzuwachsen", sagte ich.

Denken Sie an eine solche Bemerkung eines sterbenden Invaliden!

Meine Mutter drehte sich erstaunt um, um zu sehen, ob es wirklich ihre Tochter war.

„John", sagte ich, „fahr nach Hause – geh schnell – lass sie raus, ja – geh schnell nach Hause." Frau Hobbs geht es nicht gut.

Ich verspürte eine schreckliche Neigung zum Scherzen, und ein wilder Jubel und eine Freude überkamen mich, die ich nicht mehr gekannt hatte, seit wir die Hügel unseres Sommerhauses in Strykersville erklommen hatten . John ließ die Peitsche knallen und grüßte alle anderen Kutscher, als wir vorbeikamen. Er pfiff, und ich auch. Zum ersten Mal seit fünf Jahren fühlte ich mich frei; und John hatte die Angst verloren, dass er nicht beeindruckend sein würde, und auch er war frei. Meine Mutter saß vor Wut kerzengerade da.

„Ihr seid beide betrunken", sagte sie. „John, setz dich gerade auf die Kiste. Tragen Sie die Peitsche nicht über der Schulter und schlagen Sie nicht die Beine übereinander, sonst werde ich Sie am Samstagabend entlassen!"

John drehte sich um – lächelte – sah mich an und zwinkerte.

KAPITEL II.
UNS SELBST.

Als die Kutsche im *Portière anhielt*, kam der große Gärtner herunter und legte einen Arm unter und den anderen um mich, um den Kranken wie gewöhnlich herauszuheben.

„Geh weg", schrie ich förmlich. „Lass mich gehen, ja! „Tragt Mutter schnell", tatsächlich war sie diejenige, die getragen werden musste. Ihre starre Würde war verschwunden und sie war lustlos und zerzaust zurückgefallen und stöhnte:

„Oh, John ist betrunken und Aspasia verrückt! Schau sie an! Sie ist so krank, dass sie nicht laufen kann, und doch sehen Sie, wie sie die Stufen hinaufläuft! Was soll ich tun, was soll ich tun! Und das Denkmal, von dem sie schriftlich garantiert haben, dass es für immer oder ohne Bezahlung bestehen bleibt, stürzt ein. Ich muss es reparieren lassen, auch wenn es zehntausend Dollar kostet; denn der Name Hobbs darf nicht verblassen." „Lieber er" (sie sprach von ihrem Mann immer nur „er" oder „ihn") „hat so oft gesagt: ‚Du hast Hobbs geheiratet, egal ob gut oder schlecht' – sagt er zu mir –' und dein Name wird eingraviert sein . " das schönste Denkmal in Forest Lawn.'"

Der mutige Leser, dem es an Wissen und daher an Glauben mangelt, der die Möglichkeit auf seine eigene winzige Erfahrung beschränkt und der schnell leugnet, bezweifelt, dass ich als Invalide fortgegangen bin und in einer Stunde geheilt zurückgekehrt bin. Lassen Sie mich Ihnen ins Ohr flüstern, dass alles im Einklang mit dem Naturgesetz geschah und überhaupt nicht seltsam oder wundersam, außer in dem Sinne, dass die gesamte Natur wundersam ist (lasst uns nicht über Definitionen streiten). Was mich heilte, war eine gute Portion Animating Purpose.

Männer ziehen sich aus dem Geschäft zurück und sterben innerhalb eines Jahres aus Mangel an lebenswichtigen Zielen. Frauen werden beschützt, abgeschirmt und gestützt, umsorgt und sterben, weil ihnen dieses Wesentliche fehlt.

„Glaubensheilung", „Christliche Wissenschaft" und jedes andere starke Verlangen voller Hoffnung und der Entschlossenheit, zu *sein* und zu *tun* , liefern einen belebenden Zweck guter Art, wenn auch manchmal möglicherweise mit Irrtümern verbunden: aber jede gute Idee, die uns macht Sich selbst zu vergessen und das Blut durch unsere Adern fließen zu lassen, ist von Natur aus heilend.

Als die Stützen, die mich hielten, zerschnitten wurden und ich wusste, dass ich leben, arbeiten und nützlich sein musste, wurde das alte, kränkliche Ich durch die belebende Absicht weit zurückgedrängt; Ich muss zugeben, dass es nicht die allerbeste Animationsqualität ist, aber ein ziemlich brauchbarer Artikel, und auf jeden Fall tausendmal besser als keiner.

Sie dürfen nicht glauben, dass meine Mutter von Natur aus schwach war – das stimmt nicht. Sie war eine feine, zarte Organisation, heiratete mit neunzehn Jahren und hatte sich ihrem Mann vorbehaltlos mit Geist und Körper hingegeben (denn hat der Ehemann nicht „Rechte?"), ohne jemals daran zu zweifeln, was ihre Ehefraupflicht war, dies zu tun. Sie gab sogar ihre eigene Kirche auf und schloss sich seiner an – übernahm seine Meinung, zitierte seine Sprüche und wiederholte seine Witze. „Nun, *er* sagt es und damit ist Schluss." Im Hause Hobbs war Hobbs das letzte Berufungsgericht.

In manchen Ehen sagen Frauen „Das werde ich" hörbar, mit dem Gedanken, „wenn die Umstände es zulassen". Solche Frauen wurden in Diplomatie unterrichtet. Man hat ihnen aufgetragen, ihre Ehemänner an der Tür mit einem Lächeln und einem sauberen Kragen zu empfangen, das Zuhause angenehm zu gestalten, die rauen Stellen zu glätten – kurz gesagt, sich mit dem Mann zu befassen und ihn niemals das Entdecken zu lassen, was das Schönste ist feinste Künste. Sie können seine Taschen zu so günstigen Zeiten untersuchen, wenn er es nicht weiß, sein Geld zählen, sich nehmen, was sie brauchen – was besser ist, als einen Mann zu belästigen und um einen Dollar zu jammern –, sein Notizbuch lesen und so tausendmal Die Art und Weise behält ihn so genau im Auge, dass es bei entsprechender Geschicklichkeit absolut keine Entschuldigung dafür gibt, ihm das Fell aus der falschen Richtung zu reiben.

Aber nicht so bei meiner Mutter. Sie sagte in ihrer Hochzeitsnacht zu Mr. Hobbs:

„Ich gehöre dir – ganz dir. In deiner Gegenwart werde ich laut denken, es wird keine Verheimlichung geben. Dir gebe ich meine Seele und meinen Körper!"

Mr. Hobbs nahm Letzteres entgegen und sagte mit heiserem Flüstern:

„Ich habe ein Einkommen von sechstausend Dollar pro Jahr, und Sie werden es nie bereuen, dass Sie Hobbs von Hobbs, Nobbs & Porcine geheiratet haben. Ich werde dich vor allem Unangenehmen schützen; Du wirst nie Sorgen oder Ärger erleben; niemals sollst du einen Tag lang arbeiten; nichts anderes als einfach glücklich zu sein und den ganzen Tag über hübsch auszusehen; und alles, was Sie wollen, bei Barnes & Bancroft's, Peter Paul's, Dickinson's oder Fulton Market, warum besorgen Sie es und lassen es Hobbs in Rechnung stellen, denn ich bin mit „Dun" „E" bewertet. 2' und nächstes Jahr wird es ,2 plus' sein."

Diese völlige Selbstlosigkeit berührte das jungfräuliche Herz dieser neunzehnjährigen Frau – das heißt des Kindes. Sie lebte in einer Hobbs-Atmosphäre. Die beiden Leben wurden nicht zu einem, sie wurde nicht nur dem Namen nach, sondern tatsächlich Mrs. Hobbs. Nun wird jeder denkende Mensch zugeben, dass dies besser war, als dass sie sich bemüht hätte, ihre Individualität zu bewahren, denn wenn sie dies getan hätte und trotzdem ehrlich und offenherzig gewesen wäre, hätte es Streit gegeben. Sie hätte ihre Kindheit immer als die *Ante-Bellum- Zeit* betrachtet , denn Mr. Hobbs hatte Ideen oder glaubte, dass er sie hatte, und nichts bereitete ihm so köstliche Freude, als diese Ideen in einer einzigen zu vermischen, besonders wenn sie sich wanden und protestierten.

Ich habe frühreife Kinder gesehen, die entweder erstaunten oder neidisch machten. Wie sie gesungen, Banjo gespielt oder gesprochen haben! Ich erinnere mich an einen solchen Jungen – wir waren uns alle sicher, dass er sich zu einem Redner entwickeln würde, der die Nation erschüttern würde. Ich beobachtete ihn und sah ihn heute auf dem zweiten Stuhl in Chadducks Tonsorienpalast präsidieren, und bemerkte die Ciceronische Handbewegung, als er die Legende rief: „Nächster Herr – rasieren.“

Als wir mit einem Freund durch eine Prärie in Iowa gingen, befanden wir uns plötzlich in einem Miniaturhain, in dem die höchsten Bäume nicht bis zu meinen Schultern reichten. Ich untersuchte die Blätter und stellte fest, dass es sich bei den Bäumen um Schwarzeichen vom vollkommensten Typ handelte.

„Was für schöne junge Bäume! Wie werden sie wachsen und wachsen und ihre Wurzeln in alle Richtungen ausschlagen und die tiefsten Eingeweide der Erde nach der Nahrung und dem Unterhalt absuchen, die sie brauchen! Wie werden sie trotz des Sturms ihre Zweige werfen und dem müden Reisenden Zuflucht und Schutz bieten! Wie--"

„Halten Sie bitte diesen Schwall auf!“ sagte mein Begleiter. „Das sind nur Buscheichen und werden auch nach hundert Jahren nicht größer werden.“

Möglicherweise erklärt dieser Hain, warum der durchschnittliche Mann von sechzig Jahren nicht klüger und nicht besser ist als der durchschnittliche Mann von vierzig – es handelt sich um „Arrested Development“.

Meine gute Mutter ist nur ein guter Typ von Arrested Development.

KAPITEL III.
EIN WENIG LOKALE GESCHICHTE.

Mit der Intuition meiner Frau wusste ich alles allein aufgrund des Hinweises, den John gab. Mein Vater war eine Woche zuvor nach Montreal gereist und hatte gesagt, er würde am Mittwoch zurückkommen. Es war jetzt Freitag und er war nicht zurückgekehrt. Ich erinnere mich an die beiden Männer, die gekommen waren, um „eine Bestandsaufnahme für das ‚Finanzamt' zu machen", sagte einer und zwinkerte dem anderen zu. Wie sie mit Hüten durch das Haus gingen und sich gegenseitig scherzten, während sie Klavier spielten! Ich habe alles gesehen! Mein Vater hatte Geld verloren und eine Hypothek auf die Möbel aufgenommen, nachdem er zuvor so viel Geld wie möglich für die Immobilie aufgebracht hatte.

Ich fragte meine Mutter, ob sie sich daran erinnere, die Hypothek gegeben zu haben, und sie sah mich traurig und überrascht an und sagte:

„Natürlich nicht, mein Lieber. Ich habe die Papiere, die er mir gebracht hat, immer unterschrieben. Glauben Sie, dass es die Aufgabe einer Frau ist, geschäftliche Fragen zu stellen?"

Nun, wenn ich meine eigene Geschichte schreiben würde, würde ich Ihnen erzählen, wie die beiden Männer vom „Steueramt" mit Robert McCann, dem Auktionator, zurückkamen; wie sie eine große rote Fahne über den Bürgersteig hängten und die Teppiche aufhoben, so dass, wenn sie über den nackten Boden der großen Salons gingen, das Echo der Schritte durch das ganze Haus hallte; wie fettige Männer mit Hakennasen kamen und die Möbel untersuchten; davon, wie einer von ihnen darauf bestand, meine Mutter in einer sehr privaten Angelegenheit zu sehen, als er fragte: „Ob die Tüpfelerei ein echter Millais oder nur ein Schnide wäre ; und wenn es ein Schnide war, ein Zerdifikat zu verschenken Dass es ein Millais war , und ich werde es für hundert verkaufen, also mach mich zum Teufel!"; wie freundlich die Nachbarn kamen, das gesamte Geschirr und Besteck kauften und es uns zurückgaben; davon, wie ein gewisser verwitweter Herr mir anbot, für das Klavier zu bieten, wenn ich eine Stelle als Gouvernante für seine Tochter annehmen und in seinem Haus wohnen würde.

Nun ja, die Möbel gingen und wir auch. Der Fitch-Krankenwagen kam und brachte Mutter zu unserem neuen Quartier, das ich in der South Division Street in der Nähe von Cedar gemietet hatte , und auch das kleine Haus sah wirklich hübsch aus. Mrs. Grimes, die Wäscherin, kam mit uns – tatsächlich kam sie gegen unseren Willen.

„Ich habe kein Geld, um dich zu bezahlen, und du kannst nicht kommen. Das ist alles", protestierte ich.

„Nun, ich will kein Geld“, sagte diese grauhaarige alte Frau. „Ich habe 1100 Dollar im Erie County, und es gehört ganz Ihnen, wenn Sie es wollen. Habe ich nicht drei Wochen für die Hobbses gearbeitet und zwei Tage gefehlt, bevor Sie auf der Treppe zurückgelassen wurden ? Ich war das einzige Mädchen, das sie damals hatten, und ich bin das einzige Mädchen, das du jetzt hast. Ich habe meine Haartruhe zur South Division Street geschickt und gehe selbst mit Bill Smith, der den Lieferwagen für Charlie Miller fährt, zur nächsten Ladung. Ich kannte Bill, bevor ich Sie kannte, und Bill sagt, dass er auch Aspasia Hobbs zur Seite stehen wird, das tut er.“

Was blieb mir übrig, als das ergraute, freundliche Gesicht dieses alten „Mädchens“ auf beide Wangen zu küssen und sie kommen zu lassen?

Es dauerte einen ganzen Monat, bis wir meinen Vater ausfindig machten. Ich ging nach Montreal und brachte einen alten Mann zurück, dessen Geist schwankte und der im Geiste niedergeschlagen war. Er hatte sein Herz auf die irdischen Dinge gerichtet – er wurde ein Teil von ihnen, sie von ihm – und als sie untergingen, gab es nur ein Ergebnis. Er blieb drei Monate lang dort und machte sich ständig Vorwürfe; Er sah auch den Vorwurf im Gesicht jedes Vorübergehenden und stellte sich Vorwürfe in jedem Blick derer vor, die ihn trösten und für ihn sorgen wollten, und das Licht seines Lebens erlosch in der Dunkelheit.

„Richte nicht, damit du nicht gerichtet wirst.“

KAPITEL IV.
MANCHE DINGE.

Meine Mutter bekam von den Lebensversicherungen etwas Geld. Vater unterstützte nur Bewertungsunternehmen, weil diese günstig sind. Er war stolz auf seine finanziellen Fähigkeiten und sagte immer, er könne genauso gut Geld anlegen wie jeder schurkische Versicherungspräsident und dass es „nichts Besseres gäbe, als sein Geld dort zu haben, wo man seine Kralle darauf setzen kann, falls man ein ordentliches Trinkgeld bekommt."

Ich konnte nicht untätig sein und beschloss, eine Situation zu bekommen.

„Wahrlich, ich werde Schule unterrichten, denn die Jugend muss gebildet werden", sagte ich, „sonst kann die Welt nicht gezähmt werden." Ich muss, ich werde den wachsenden Charakter formen ." Tatsächlich verspürte ich einen Ruf; Also wandte ich mich an Mr. Straight, den Schulleiter, ohne daran zu zweifeln, dass er mir sofort Gelegenheit geben würde, meine Fähigkeiten unter Beweis zu stellen. Ich zeigte meinen Dr. Chesterfield-Abschluss und die High-School-Abschlüsse sowie verschiedene Zertifikate von langhaarigen und exzentrischen Ausländern (nicht zu vergessen die Zeugnisse von Prof. Franklin von Col. Webber und Richter Lewis, der für einen Dollar pro Vortrag Schauspielunterricht erteilt). zu meinen Fähigkeiten in Musik, Tanz, Französisch, Deutsch und Verhalten.

Der Superintendent zählte die Zertifikate und Diplome, während er sie auf seinem Schreibtisch stapelte, und fragte mich, ob ich etwas „Anzug" verspüre. Dann fragte er mich, warum ich nicht geheiratet habe, und sagte, er habe nach mir gesucht, „denn wenn ein Mann seine Töchter kaputt macht, kommt er immer hierher, um einen Job zu finden." Er trug meinen Namen in ein großes Buch ein, und als er mich hinauswinkte, bemerkte er: „Vor Ihnen liegen nur noch siebenhundert Bewerber. Ich fürchte, du bist nicht dabei. Du solltest dich besser an einen jungen Kerl wenden, mein Lieber, bevor die Krähenfüße zu deutlich werden – ta, ta." [1]

Ich stand verwirrt, besiegt, wütend vor der Tür. Mir fielen tausend Dinge ein, die ich diesem grinsenden, einschmeichelnden Kommissar hätte sagen sollen, und hier hatte ich kein Wort gesagt. Ich war draußen im Flur, die Tür war geschlossen. Langsam nahm mein Zorn Gestalt an und ich ging mit viel energischerem Schritt davon, als es einer jungen Frau gebührt. Ich knallte meinen Sonnenschirm bei jedem Schritt gegen das Geländer, als ich die Treppe zum Rathaus hinunterging. Ich hatte einen Plan. Ich ging direkt zum *Nachrichtenbüro* , um eine Anzeige aufzugeben und mir so genau die Stelle zu sichern, die ich mir gewünscht hatte. Ich kaufte eine Zeitung, um zu sehen, wie andere Leute Werbung machten, und mein Blick fiel auf Folgendes:

GESUCHT: Als Korrespondentin, Buchhalterin und Stenographin, eine junge Frau, die Deutsch, Französisch und Italienisch übersetzen kann, keine Angst vor der Arbeit hat und sich in Abwesenheit des Inhabers um das Geschäft kümmern kann. Lohn: 4,75 $ pro Woche.

Bewerben Sie sich bei HUSTLER & CO.,

Hersteller von Leim,

Genesee Street.

Ich nahm die Zeitung, stieg in einen Herd ein und forderte den Fahrer auf, sich zu beeilen, da ich zu Hustler & Co. wollte.

Als ich dort ankam, ging ich hinein, schlug die Tür zu und verlangte, Hustler zu sehen, wobei ich sämtliche Titel und Präfixe wegließ. Straight hatte mir vor einer Stunde die Stirn geschlagen und mich beleidigt – Hustler soll es versuchen, wenn er es wagt … Ich wollte eine Position, keinen Rat, und duldete keine Verhandlungen oder Unsinn.

„Sind Sie Hustler?“ Ich fragte einen kleinen, sanftmütigen, kahlköpfigen Mann mit einem ingwerfarbenen Haarkranz wie ein Lambrequin um seinen Hinterkopf. Er bekannte sich schuldig. „Und hast du“, fuhr ich hastig, aber bestimmt fort, „und hast du diese Anzeige eingefügt?“ und ich breitete das Papier vor ihm aus.

Er zögerte.

„Hast du es getan, oder hast du es nicht getan?“

Hier trat ich drei Schritte zurück und starrte ihn an, als hätte ich ihn im Kreuzverhör. Er gab zu, dass er die Anzeige geschaltet hatte, noch keine junge Frau gefunden hatte, die alle Bedingungen erfüllen konnte, und dass ich die Stelle haben könnte.

„Morgen, wenn der Pfiff für sieben Uhr ertönt“, sagte er.

„Morgen, wenn der Pfiff für sieben Uhr ertönt“, sagte ich.

KAPITEL V.
VERLOREN.

Endlich war ich nicht mehr abhängig ! Von diesem Zeitpunkt an würde ich nicht nur meinen Lebensunterhalt selbst verdienen, sondern auch für andere. Ich war kein Rentner mehr.

„Wer eine Rente bezieht, gibt dafür seine Männlichkeit", sagte Platon. Eine Rente macht einen Mann zum Bettler. Wenn die Welt von Gottes Volk bevölkert ist, wird jeder nach seinen Fähigkeiten arbeiten und für seine Dienste bezahlt werden, sodass es weder Rentner noch übermütige Spender geben wird.

Meine Arbeit bei Hustler & Co. war nicht schwierig, als ich die Angst und den Glauben überwunden hatte, dass es furchtbar komplex sei. Kurz gesagt, der Löwe war angekettet, wie es immer der Fall ist, wenn wir näher herangehen und das Tier inspizieren; oder vielleicht ist es nur ein ausgestopfter Löwe, der uns Angst macht. Möglicherweise hat irgendein böser Mensch, der unsere Angst sah, sich die Mühe gemacht, den Staub von den feurigen Glasaugen zu wischen, die gelbbraune Mähne aufzurauen und den Schwanz in diesem schrecklichen Winkel zu stellen – aber wer hat Angst vor einem Löwen auf Rädern? Als ich mich fasste und die Arbeit mit gesundem Menschenverstand betrachtete, nahmen die Schwierigkeiten zu, und am Ende der ersten Woche versicherte mir Herr Hustler, „dass ich kein Faulpelz war", was Rustlers größtes Kompliment darstellt Hustler von der Firma Hustler & Co., einem Leimhersteller, war schon immer dafür bekannt, jedem Lebewesen etwas zu zahlen.

Eines der Mädchen im Büro erzählte mir, dass die ehemalige Stenographin ihren Platz verloren habe, weil sie aus nächster Nähe das Diktat für Mr. Bilkson , den Juniorpartner, aufgenommen habe; Was übersetzt bedeutete, dass Mr. Bilkson , als er der jungen Dame seine Briefe diktierte, sie auf seinem Knie sitzen ließ. Mrs. Bilkson ist eine große, zielstrebige Frau mit eifersüchtiger Natur und rotem Sonnenschirm. Als sie eines Tages im Privatbüro erschien, ohne vorher ihre Karte einzusenden, wurde der Nahbereichsplan entdeckt. Bald darauf stellte sich heraus, dass die kleine Miss Bustle inkompetent war, und die Kassiererin ließ ihr Zeit . Bilkson bleibt immer noch.

Wenn der Junior mir Briefe diktiert, geschieht dies durch das kleine Schiebefenster, das mein Zimmer mit dem Hauptbüro verbindet. Dies geschah auf meinen Vorschlag, nachdem ich den Herrn einige Tage lang kennengelernt hatte. Ich fürchte, ich habe mir auch seine Feindseligkeit zugezogen, als ich ihm sagte, dass ich eingestellt wurde, um die Arbeit zu erledigen, und nicht, um die Firma zu unterhalten.

Samstags haben wir einen halben Tag frei, das heißt, wir arbeiten bis 13:30 Uhr und sind einen halben Tag im Hafen.

Jeder, der mich kennt, weiß, dass ich ein großartiger Radfahrer bin – in der Tat könnte ich bei enger Zusammenarbeit ohne die Bewegung im Freien, die ich bekomme, die Belastung nie aushalten, wäre aber ein Kandidat für nervöse Erschöpfung (technischer Name Americanitis) . . Vor einigen Jahren hatte ich eine schreckliche schlimme Zeit. Dr. Bolus wurde geholt und verschrieb ihm Chinin und Eisen sowie eine Reise nach Bermuda und eine einjährige Ruhepause . Meine alte Freundin Martha Heath kam kurz darauf herein und ich bat sie, in Stoddards Drogerie zu gehen, um das Chinin zu holen.

„Das werde ich nicht", sagte Martha Heath. „Bounce Bolus und kauf ein Fahrrad!"

Ich folgte ihrem Rat und bin seitdem ein Segen für Martha Heath.

Es war meine Gewohnheit, samstags, nachdem ich in der Fabrik zu Mittag gegessen hatte, mein Rad zu nehmen und eine lange Fahrt zu unternehmen, manchmal im Sommer bis zu den Niagarafällen, und am späten Abend zurückzukommen. Ich erwartete diese langen, ruhigen Fahrten mit großer Freude, denn dem Streit der Menschen zu entfliehen und hinaus in das stille Land zu gehen, schien mir neues Leben zu schenken. Da mir der Winter kaum Gelegenheit zu diesen Ausflügen bot, freute ich mich sehnsüchtig auf den kommenden Frühling.

Man wird sich erinnern, dass der Monat April 1891 insofern bemerkenswert war, als es vom 10. bis zum 30. keinen einzigen Regenfall gab. Die Straßen waren trocken und staubig wie im Sommer. Als ich am Samstagnachmittag, dem 30. April, im herrlichen Sonnenschein, der Heilung auf den Flügeln zu tragen schien, aus der Clinton Street ritt , arbeiteten Frauen in den Gärten und räumten den Müll auf; Kinder spielen auf der Straße; ein schwacher Geruch nach Lagerfeuer von brennendem Müll, Menschen beginnen im Frühling, um die Höfe sauber zu halten; Männer, die auf den Feldern pflügen; und wie die Frösche krächzten! Freude und Fröhlichkeit überall. Draußen durch Gardenville, vorbei an Ebenezer, fand ich mich um fünf Uhr in Hurdville . Ich war so sehr damit beschäftigt, die herrliche Szenerie zu genießen, dass ich langsamer geritten war, als ich beabsichtigt hatte, denn ich hatte berechnet, dass ich schon früher in Aurora sein würde und auf dem Heimweg war.

„Nun", sagte ich, „Aspasia Hobbs, du solltest dich besser beeilen, sonst wird dich die Nacht erwischen. Außerdem ist der Wind stark aus Südwesten aufgekommen, und über den Colden-Hügeln weht eine kleine schwarze Wolke – was für ein Witz, wenn man nass werden sollte?"

Hurdville zur Buffalo Plank Road führt , also beschloss ich, meine Fahrt abzubrechen und sofort weiterzumachen. Ich schaute auf meine Uhr und es war gerade 5:15 Uhr, als ich den Weg betrat, der mit Gras bewachsen und überhaupt nicht zum Radfahren geeignet war. Als ich weiterfuhr, wurde die Straße immer schlechter, also stieg ich ab und schob das Lenkrad vor mir her. Es war ziemlich anstrengend, denn ich trug ein langes Wollkleid, das ich beim Gehen festhalten musste.

Dann habe ich es noch einmal mit dem Reiten versucht. Im Westen herrschte eine große gelbe, bedrohliche Helligkeit, und bald bemerkte ich, dass es dunkel wurde und dass die kleine Wolke so groß geworden war, dass sie den ganzen westlichen Himmel zu bedecken schien. Ein paar große Regentropfen fielen, als ich noch einmal auf meine Uhr schaute, auf der sechs Uhr stand. Ich dachte ständig, dass ich jede Minute auf die Plankenstraße kommen müsste, und suchte angestrengt nach den Telegrafenmasten, von denen ich wusste, dass sie die Autobahn markierten. Aber nein, ich konnte sie nicht sehen. „Sicherlich muss diese Spur die Hauptstraße kreuzen, sonst werde ich umgedreht und folge einer Straße, die parallel zur anderen verläuft", schlussfolgerte ich.

Trotzdem stapfte ich weiter, mal reitend, dann gehend. Es begann jetzt richtig heftig zu regnen. Ich spürte, wie der Schlamm an meinen Schuhen klebte und meine Kleidung schwerer wurde. Meine Arme wurden müde, als ich beim Gehen das Rad vor mir her schob. Die Speichen waren zu einer festen Schlammmasse geworden. Ich habe versucht, das Rad zu montieren. Es kam aus dem Ruder und ich lag im Graben. Dann wurde mir klar, dass der Versuch, das Fahrrad weiter zu schieben oder zu fahren, töricht wäre; Also zog ich die Maschine ins Gebüsch und schaute mich von allen Seiten um. Nicht einmal ein Blitz würde die Dunkelheit lindern und die Landschaft erhellen. Der Regen fiel immer noch in Strömen. Ich bedeckte mein Gesicht mit meinen Händen. Ich dachte an meine Mutter, die im hellen Licht unseres kleinen Esszimmers wartete, das Abendessen auf dem Tisch. Ich versuchte mir vorzustellen, dass dieser heulende Wind und die Schwärze der Nacht ein Traum waren; aber nein, ich war allein – *allein , verloren* .

KAPITEL VI.
DIE BLOCKHÜTTE.

Es war die schlimmste Nacht, die ich je gesehen habe, und ich hoffe, dass ich nie wieder eine solche Nacht erleben werde. Wie der Wind durch die Äste brüllte und ab und zu das wilde Krachen eines umstürzenden Baumes zu hören war, war höchst entsetzlich. Die Dunkelheit war intensiv. Der kalte Regen kam in heftigen Böen und ich hatte das Gefühl, dass er sich allmählich in Graupel und Schnee verwandelte.

Stellen Sie sich vor, ich, eine in der Stadt aufgewachsene Frau, allein auf einer abgelegenen Landstraße, dichte Wälder auf beiden Seiten, Schlamm und Matsch bis zum Knöchel, ich wanderte, ich wusste nicht wohin !

Meine Kleidung wog hundert Pfund. Sie klammerten sich an meinen müden Körper, und ich schien kurz vor Erschöpfung zu fallen, als ich nicht weit vor mir den Schimmer eines Lichts sah, das aus einem kleinen Blockhaus zu kommen schien, das eine Viertelmeile von der Straße entfernt lag.

Direkt auf das einladende, schimmernde Licht zu, stolperte ich durch Brombeersträucher, Büsche und Baumstümpfe und versank ab und zu fast knietief in einem Loch, in dem ein Baum entwurzelt worden war. Ich glaube, ich habe lieber an die Tür geklopft als geklopft, und ich fürchtete mich so sehr, dass ich nicht willkommen geheißen werden würde, dass ich, kaum bevor die Tür geöffnet wurde, mit lauter und aufgeregter Stimme begann, es zu erklären (denn danach bin ich nur noch eine Frau). alle) und bettelte darum, dass ich nur bis zum Tagesanbruch gewärmt und beschützt werden möge, wenn ich zurückgehen könne, und versprach mir Bezahlung durch einen Wechsel bei Hustler & Co., denn als ich wegkam, hatte ich meine Handtasche in meiner Bürokleidung gelassen. Ich erinnere mich nur daran, dass das, was ich für einen alten Mann hielt, die Tür öffnete, mich hineinführte, ohne den geringsten Ausdruck von Neugier oder Überraschung zu zeigen, sondern eher so, als würde er mich erwarten. Er unterbrach mein aufgeregtes Reden, indem er mit dem mildesten und süßesten Bariton, den ich je gehört habe, sagte:

"Ja, ich weiß. Es beginnt zu schneien. Du hast dich verirrt und bist nass und kalt. Schauen Sie sich diesen fröhlichen Kamin und diesen Stapel Kiefernholz an. Meine Frau ist hier; aber nein, ich habe auch keine Frauenkleidung. Ziehen Sie am besten Ihr Kleid aus und lassen Sie es über dem Stuhl trocknen. Wenn du dann vor dem Feuer stehst, werden deine anderen Kleidungsstücke bald an dir trocknen, was so gut wie ein Wechsel ist; und in der Zwischenzeit werde ich dir etwas zu essen besorgen."

Diese Nacht scheint jetzt, als gehörte sie zu einer früheren Existenz, so weich und verschwommen, wenn man sie durch die Landschaft der Erinnerung betrachtet. Ich weiß nur, dass, sobald der Mann mit meinen hastigen Erklärungen aufhörte, das Gefühl der Angst verschwand und ich mich so sicher fühlte wie als Kind. Ich plapperte über den Schaukelstuhl meiner Mutter, während sie mich mit liebevollen Augen beobachtete. Ich sagte kein Wort, so groß war der Frieden, der über mich gekommen war. Nach einem einfachen Abendessen, an dem ich herzhaft teilnahm, erinnere ich mich, wie ich eine Leiter in den Dachboden dieses Blockhauses hinaufstieg und mich bückte, um nicht mit dem Kopf gegen die Dachsparren zu stoßen; Außerdem legt mich der Mann ins Bett, als wäre ich ein Kind, legt mir eine zusätzliche Decke zu und sagt dabei leise zu sich selbst, als würde er mit einer dritten Person sprechen:

„Sie muss warm gehalten werden. Der Balsam der Natur wird heilen, der Schlaf ist der große Wiederhersteller, morgen wird sie sich durch dieses kleine Erlebnis umso besser fühlen. So wird das scheinbar Schlechte zum Guten.“

Er fuhr mir sanft mit der Hand über die Augen, nahm die Kerze und ich hörte, wie er die Leiter hinunterstieg, und – süßer Kinderschlaf hielt mich fest.

Kapitel VII.
DER MANN.

Die Morgensonne kroch durch die Ritzen der Mansarde, als ich langsam zu Bewusstsein kam und begann, mir die Augen zu reiben, um herauszufinden, wo ich war und wie ich dorthin gekommen war. Langsam dämmerte es mir, wie schrecklich es war, das Rad durch den Schlamm zu schieben. die herabsteigende Dunkelheit; der zunehmende Sturm; daran, wie ich das Fahrrad am Straßenrand stehen ließ und an das ekelerregende Gefühl, das mich überkam, als ich das Gefühl hatte, ich hätte mich verirrt und müsse Schutz finden oder zugrunde gehen; davon, wie mein schweres, mit Wasser durchnässtes Wollkleid meine müden Beine verheddterte, als ich mich vorwärts kämpfte; des schimmernden Lichts und wie ich befürchtete, dass sie mich für einen Ausgestoßenen halten und kein Mitleid mit mir haben könnten, obwohl ich endlich ein Haus gefunden hatte; von dem süßen Frieden, den ich empfand, als der alte Mann zu mir sprach; dass ich seinem Vorschlag gefolgt bin, mein Kleid auszuziehen; davon, wie ich nur in meiner Unterwäsche vor dem Feuer stand und wie er mich ins Bett brachte, und ich war ganz unverschämt und schämte mich nicht. Ich dachte über all das und noch mehr nach und bereitete mich gerade darauf vor, völlig zu erschrecken, als meine Träumereien unterbrochen wurden, als ich hörte, wie eine Stufe leichtfüßig die Leiter hinaufkam und das wunderschöne Gesicht des Mannes, umrahmt von seinem immer schneeweißer werdenden Haar, erschien .

„Ja, sie ist wach", sagte er und schien erneut mit einer dritten Person zu sprechen. „Natürlich wird sie nach der Anstrengung etwas wund sein, aber sie ist erfrischt und umso stärker für die harte Arbeit. Paradoxerweise führt die Anstrengung dazu, dass sich Energie im Körper ansammelt, der letztlich nur eine Speicherbatterie ist. Indem wir Macht abgeben, gewinnen wir sie, indem wir Leben verlieren, retten wir es. Wie einfach und doch wie wunderbar sind die Werke Gottes!" Dann sprach er zu mir: „Ich bringe dir warmes Wasser zum Baden." Es wird die Steifheit aus Ihren Gliedmaßen nehmen. Das Frühstück ist fertig, wenn Sie es sind."

Ich badete, zog mich ohne die Hilfe eines Glases an und war überrascht, wie stark und wohl ich mich fühlte. Ich stieg vorsichtig die Leiter hinunter und wir frühstückten, ohne ein Wort zu sagen. Es kam mir so vor, als wäre es ein Sakrileg, in die Stille einzubrechen (so leichtfertig ich auch bin – „ Ein ganz normaler Schwärmer", sagt Martha Heath). Stille ist ruhende Musik.

Von fünfzig Männern, die die Straße entlanggehen, denkt nur einer; Die Neunundvierzig haben Gefühle, aber keine Gedanken. Wir haben hier keine Zeit, die Neunundvierzig zu behandeln; Lasst uns sie außen vor lassen und uns nur mit dem einen befassen, den sogenannten Charaktermännern,

Männern, die eine Meinung haben und diese vertreten. In diese Klasse können wir keine Mädchen oder Jungen aufnehmen oder solche, die Männer genannt werden, nur weil sie keine Frauen sind, oder die Bösewichte oder sogar solche mit zweifelhafter Moral. Nehmen wir nur das Beste und denken wir gar nicht erst an die „ Unco-Gude ". Nachdem Sie nun das Gedankenlose, das Unmoralische und das Zweifelhafte verbannt haben, sagen Sie mir, Leser: Haben Sie jemals einen Mann gesehen? Hast du? Keine Karikatur oder Nachahmung von jemandem, voller Wunsch, männlich zu sein, und daher besorgt über das Ergebnis? kein Wesen voller Launen und Vorurteile, das die Meinungen der Vergangenheit aufnimmt und sich auf Zahlen als Beweis bezieht; Wer ist stolz auf sein Selbstvertrauen und die Abwesenheit von Stolz, und wer kann doch gewonnen werden, indem man mit ihm übereinstimmt und durch Diplomatie? Nicht jemand, der versucht, Ihnen die Richtigkeit seiner Ansichten durch Argumente zu beweisen, um Sie auf seine Seite zu ziehen, damit diese Seite gestärkt wird? Nicht einer, in dessen Mund ständig ein großes I steht, oder der einen schlimmen Fall von Egomanie hat und geflissentlich jede Erwähnung seiner selbst vermeidet?

Aber was ich meine, ist ein ganzer Mensch, *mens sana in corpora sano* , der vor niemandem Angst hat und vor dem niemand Angst hat, dem das Wort „Angst" unbekannt ist. Preiskämpfer rühmen sich manchmal damit, keine Angst zu haben, aber es gibt eine Sache, vor der sie Angst haben, und das ist *Angst* . Angst ist der große Störer. Es verursacht alle körperlichen Krankheiten (Ja, ich weiß, was ich sage) und beraubt uns unseres himmlischen Geburtsrechts. Was ist die Ursache der Angst? Sünde, und wenn Ihre Ausbildung zum richtigen Zeitpunkt und auf die richtige Art und Weise begonnen hätte, könnten Sie jetzt ohne Sünde sein – das heißt ohne Angst. Beginnen Sie jetzt mit der richtigen Ausbildung, und mit der Zeit werden Sie in den Besitz Ihres Erbes gelangen; Denn du bist ein unsterblicher Geist, der in diesem Körper wohnt, den du morgen vielleicht abstreifen wirst; und die ganze richtige Bildung, die du erworben hast, wird dir weiterhin gehören, denn so wie in der Materie nichts verloren geht, so wird auch im Geiste nichts zerstört.

Wenn Sie in der Gegenwart eines Mannes stehen, werden Sie es an der heiligen Ruhe erkennen, die Sie überkommt. Seine Anwesenheit wird Sie beruhigen – ohne den Versuch zu machen, Ihnen zu gefallen, und doch ohne Gleichgültigkeit. Beide können schweigen, ohne dass es zu einer unangenehmen Pause oder Peinlichkeit kommt. Die Atmosphäre, die er bringen wird, wird dich wie ein Gewand kleiden, und obwohl deine Sünden so scharlachrot sind, wirst du keine Anstalten machen, dich zu verstellen, zu entschuldigen, zu erklären oder dich zu entschuldigen. Sie werden feststellen, dass dieser Mann nicht mehr jung ist, denn die Jugend ist ruhelos und ehrgeizig, und obwohl er den Tod nicht fürchtet und kaum daran denkt, lebt er dennoch, als ob dieser Körper unsterblich wäre.

Ich habe zwei Monate lang jeweils einen Tag in der Woche mit dem Mann unter einem Dach gelebt, und wenn ich versuche, ihn zu beschreiben, fehlen mir völlig die Worte, denn wie kann ich Ihnen das Ideal beschreiben?

Zuerst hielt ich ihn für einen alten Mann, denn sein üppiges Haar und sein gewellter Vollbart waren schneeweiß; aber das vom Wind gebräunte Gesicht war frei von Falten und hatte den strahlenden, erwartungsfreudigen Ausdruck der Jugend; Augen, groß, braun und glänzend, blickten durch und durch, doch der Blick war nicht durchdringend, denn er sprach von Liebe und Mitgefühl und nicht von Neugier oder Aggression; Form, stark und athletisch; Hände, schwielig durch die Arbeit; Doch dieser starke, braune Mann mit der bis zur Brust entblößten Kehle schien die Kraft eines Athleten und doch die Sanftmut einer Frau, den erhabenen Blick der Weisheit und in seinem gesamten Auftreten die Gelassenheit Platons zu haben. Gott hatte in seine Nase gehaucht und er war eine lebendige Seele geworden.

KAPITEL VIII.
ERSTER SONNTAG – EIN BLICK UM.

„Die Straßen sind sehr schlammig, Freund", begann der Mann, „du bleibst besser bis morgen hier und kehrst mit dem Morgenzug zurück." Dies ist der Ruhetag. Was für ein schönes Wort das ist: „Ruhe"! Für den, der richtig gearbeitet hat, gibt es kein fieberhaftes Hin und Her und keine Sehnsucht nach dem Morgen, sondern nur süße Ruhe. Das Herz ruht zwischen den Schlägen. Sehen Sie, wie erholsam und ruhig die Landschaft ist", und wir blickten auf das tropfende Waldland, wo die Tropfen im hellen Sonnenschein wie Edelsteine funkelten. „Die Natur ruht und arbeitet doch immer; etwas zu erreichen, ist aber nie in Eile. Nur der Mensch ist beschäftigt. Die Natur ist aktiv, denn Ruhe ist kein Müßiggang. Während ich hier in der Stille sitze, schöpft mein Körper neue Kraft, mein Puls schlägt regelmäßig, ruhig, sicher. Die Blutzirkulation leistet ihre perfekte Arbeit, indem sie die wertlosen Partikel abstößt und das Gewebe dort aufbaut, wo es benötigt wird. Ruhe ist also kein Rost. Während wir uns ausruhen, nehmen wir eine neue Ladung voller Reichtümer an Bord. Meine besten Gedanken wurden mir zugeflüstert, während ich in Ruhe saß oder untätig saß, wie die Menschen sagen würden. Ich sitze und warte, und alle guten Dinge gehören mir, denn siehe! Mein Eigentum soll zu mir kommen."'

So sprach der Mann mit leiser, aber wunderschöner Stimme, und die Musik dieser Stimme begleitet mich immer noch und wird mich begleiten, solange das Leben dauern wird. Ich schien meinen Willen in dem des Mannes verloren zu haben. Ich habe mich weder dazu entschieden, zu bleiben noch zu gehen, sondern ich bin einfach geblieben. Ich bin nicht das, was man religiös nennt – im Gegenteil –, denn ich war ein Stolperstein für jeden Pastor und Erweckungstheoretiker sowohl in der Grace Church als auch in der Delaware Avenue. Ich habe auch keine besondere Vorliebe für Metaphysik, aber ich hing wie ein Ertrinkender an jedem Wort, das der Mann sagte; Und schließlich war es nicht das, was er sagte, obwohl ich die erhabene Wahrheit seiner Worte spürte, sondern das, was da war. Ich wusste tief in meiner Seele, dass dieser Mann eine Macht besaß und in direkter Verbindung mit etwas stand, von dem andere Männer nichts wussten.

Ich bin viel gereist und habe die Menschheit in allen Klimazonen studiert, denn vor dem Scheitern meines Vaters reisten wir jedes Jahr ins Ausland. Ich kenne den glatten, zufriedenen Ausdruck des Erfolgs, der den wohlhabenden Kaufmann auszeichnet, gut; Ich kenne das unbeschwerte Selbstvertrauen des Mannes, der mit seiner Kleidung zufrieden ist; Ich habe die Gelassenheit des Redners gesehen, der durch den Beifall seiner Zuhörer in seiner Position gefestigt war; Ich kenne den Schauspieler, der noch nie ein Zischen gehört hat; der Ausdruck der Schönheit im Gesicht des Philanthropen, der zu seinem eigenen Glück beitragen kann, indem er aus seinem reichen Vorrat die schmerzenden Bedürfnisse anderer lindert; der Anwalt, der sich seines Honorars sicher ist, oder der Ehemann, der weiß, dass er der König eines liebenden Herzens ist und deshalb in der Lage ist, der Welt zu trotzen; – aber hier war ein Mann scheinbar allein, ohne Freunde, in der Wildnis, in einem Haus ohne Freunde Schmuck und fast bar jeglicher Möbel, ihre Kleidung war von der grobsten; Doch hier im Gesicht dieses Mannes sah ich den Ausdruck, der nicht von irdischem Erfolg sprach, der von Menschen oder Dingen abhängig war, sondern von angesammelten Reichtümern, „wo Motten und Rost nicht korrumpieren können und wo Diebe nicht einbrechen und stehlen."

Wir saßen vielleicht eine Stunde lang schweigend da, dann sprach der Mann.

„Freund, ich habe dich hierher gerufen. Sie wissen, dass Geist Geist anzieht, und wenn wir erst einmal wissen, wie, können wir ihn nach Belieben anziehen. Dieses Geheimnis wirst du kennen. Ich habe der Welt etwas zu geben. Sie müssen jeden Samstag hierher kommen und am Ruhetag hier bleiben. Ich hätte zu dir gehen können, aber die Stadt ist voller Ablenkungen und die niederen Gedankenströme dort machen dich weniger empfänglich für die Wahrheit; Deshalb werde ich hier in diesem Hain, dem Tempel Gottes, lehren, dass ihr als Arbeiter in den Weinberg gehen könnt, wo die Ernte noch nicht sein wird, sondern von denen geerntet werden wird, die danach kommen. Sie sind Stenograph. Bringen Sie Bleistifte und Papier mit, und jeden Sonntag werde ich Ihnen ein wenig von der Wahrheit mitteilen, die Sie in einem Buch veröffentlichen und an sterbende Menschen verteilen sollen, denn die Welt muss gerettet werden. Noch nie brauchten die Menschen Wahrheit und Lehrer so sehr wie heute. Ich predige und schreibe nicht, sondern ich handle durch andere, und in den letzten hundert Jahren habe ich den Menschen viele Dinge erzählt, die sie der Welt gegeben haben."

"Hundert Jahre?" fragte ich erstaunt; und es war das erste Gefühl der Überraschung, das ich je empfunden hatte.

Der Mann lächelte schwach und sagte:

"Ja; Dreihundert Jahre habe ich in diesem Körper gelebt. Ich wurde 1591 geboren. Warum fragen Sie sich? Hast du keinen Glauben an Gott? Überall siehst du Wunder, und doch bist du jetzt bereit zu zweifeln. Die Auster repariert ihre Schale mit Perlen; irgendein gedankenloser Mensch dreht die Schere eines Krebses ab, und Sie sehen, wie eine andere hervorspringt und zu voller Größe heranwächst, und doch bezweifeln Sie, dass ein Mann seine Kraft auf unbestimmte Zeit behalten kann!

„Wir sterben durch Gesetzesverstoß. Dieser Verstoß geschieht aus Unwissenheit oder ist vorsätzlich . Wenn wir die Unwissenheit ablegen und bereit sind zu gehorchen, können wir so lange leben, wie wir wollen. Männer sterben nur, wenn sie nicht lebensfähig sind. Solange der Körper eines Menschen nützlich ist, bewahrt Gott ihn. Alle sieben Jahre wird die Karosserie komplett erneuert. Das wurde dir in der Schule beigebracht. Warum sollte diese Erneuerung nicht fortgesetzt werden? Ein Säugling hat Knorpel, aber nur sehr wenig Knochen. Nach und nach verknöchert der Knorpel, bis im Alter die Knochen brüchig werden. Ursache hierfür sind Kalkablagerungen, die ständig in das System gelangen. Im menschlichen Körper gibt es ständigen Abfall und ständige Reparaturen. Sie wissen das genau, und Sie wissen, dass nachts und in Momenten der Ruhe die Reparatur die Verschwendung übersteigt. Wo Sie also vor einer Stunde noch müde waren und kurz vor der Ohnmacht standen, sind Sie jetzt stark.

„Als ich dreißig Jahre alt war und mein Körper am stärksten und besten war, verabschiedete ich einen einfachen Plan, um überschüssigen Kalk und schädliche Substanzen aus meinem System fernzuhalten; Sie sehen also , dass mein Fleisch stark und dennoch weich ist, denn die Muskeln sollten nicht hart und angespannt, sondern geschmeidig sein. Meine Knochen sind nicht brüchig, aber Knorpel ist überall dort, wo er benötigt wird, um Polster für die Gelenke zu bilden. Ich habe seit einem Jahrhundert keinen Schmerz mehr erlebt, denn die Natur leistet ihre perfekte Arbeit und das abgestorbene Gewebe wird ständig abtransportiert und durch neues ersetzt. Schmerzen entstehen im Allgemeinen durch Ablagerungen im Körper, die entfernt werden sollten. Rheuma ist, wie Sie wissen, nur eine Ablagerung in der Auskleidung der Muskeln; aber ich denke nie an meinen Körper, bis ich auf das Thema aufmerksam gemacht werde, und rede nicht gern darüber, da das Thema nicht gewinnbringend ist; Aber später werde ich Ihnen sagen, wenn Sie verstehen, wie Sie den Körper dazu bringen können, diese überschüssigen Substanzen abzuwerfen und sich unbegrenzt zu erneuern.“

Damit nun einige meiner noch sehr jungen Leser nicht glauben, ich wäre in diesen Mann „verliebt“, möchte ich sagen: „Das ist nicht der Fall! “ In der Gegenwart des Mannes ging der Sex verloren. Er war für mich weder Mann noch Frau, sondern beides; Obwohl er die herrliche Fähigkeit der Vorfreude besaß, die wir bei Kindern sehen, war er nicht nur Mann und Frau, sondern auch ein Kind. Doch in seiner Weisheit empfand ich ihn als einen Propheten, und ich selbst war noch ein Kind. Denn schließlich sind wir nur erwachsene Kinder, und der Unterschied zwischen einigen erwachsenen Menschen ist nicht größer als der zwischen Kindern und einigen Männern.

Mit diesem Mann war ich ein Kind, und er schien mich so zu betrachten, redete aber nie herabwürdigend zu mir, und seitdem habe ich herausgefunden, dass vernünftige Menschen weder Babysprache mit

Kindern reden noch herablassend zu Leuten reden, die sie für unwissend halten . Männer, die dies tun, drehen die Situation um und werden selbst zu wahren Ignoranten .

Der alte John Foster, der Pferdetrainer, reitete für meinen Vater Pferde, und eines Tages sagte der alte John zu mir: „Junge Dame, wenn du ein Fohlen reitest , erschrecke dich nicht , sonst wird das Fohlen es nicht tun." Hängen Sie ihn an, als wäre er ein alter Idiot, und er wird denken, er sei einer, und einfach mitmachen und nie erfahren, wann er pleite ist .

Manche Männer wechseln immer das Gespräch, wenn eine Frau hereinkommt, weil sie denken, dass das Thema für sie zu bedeutsam ist, um es zu verstehen. und in ihrer Frechheit reden sie den Frauen immer noch sanften Unsinn an, weil sie denken, Frauen mögen das; und viele Frauen haben die gleiche Idee übernommen und das gleiche Glaubensbekenntnis übernommen – dass sie nichts wissen und es immer wissen werden und dass wissenschaftliche Fächer wie Plymouth Rock-Hosen etwas für Männer sind.

Sie erinnern sich, dass wir vor nicht allzu langer Zeit einen Prediger hatten, der eine Reihe von Predigten nur für *Männer* hielt, und ein Freund von mir, der dabei war, erzählte mir, dass der ehrwürdige Geistliche diesen Männern mehr „Hinweise" auf Verderbtheit gegeben habe, als sie alleine hätten ahnen können Dutzend Jahre.

Aber verzeihen Sie diese Ablenkung und lassen Sie mich einfach sagen: Um das Herz und das Gewissen zu erziehen, dürfen Sie weder Männer von Frauen trennen noch dumme Unterscheidungen zwischen Unwissenden und Gebildeten treffen. Wir sind alle Kinder Gottes, und alles ist Gottes Wahrheit, und dies ist Gottes Welt.

Der Mann erzählte mir dies und noch viel mehr an diesem wunderbaren Ruhetag, und er schien keinen Unterschied zwischen meiner kindlichen Unwissenheit und seiner eigenen unergründlichen Weisheit zu machen. Das Gefühl der Schwäche wurde mir also nie aufgedrängt, und den ganzen Tag über schien es mir, als würde mein Geist wachsen. Es entstand eine größere Selbstachtung, eine Ehrfurcht vor meiner eigenen Individualität (Sie werden mich nicht missverstehen), eine größere Universalität, eine breitere Sichtweise, eine umfassendere Erfahrung. Es war nur ein Tag, wie Männer die Zeit zählen, aber ich hatte gelebt – ein Jahrhundert gelebt.

Der Montagmorgen kam. Nach dem Frühstück stand der Mann auf und sagte:

„Ich werde mit dir gehen und das Fahrrad holen." (Woher wusste er das? Ich hatte ihm nichts von meiner Fahrt erzählt). „Sie können den Zug von Jamison aus nehmen, das etwa zwei Meilen von hier entfernt ist. Wir können bald dorthin laufen."

Wir fanden das Rad im Gebüsch, wo ich es am Straßenrand gelassen hatte, und der Mann schob es mit einer Hand durch den Schlamm vor sich her, ging mit schnellen, leichten Schritten und kam gerade am Bahnhof an, als der Zug vorfuhr. Mein Gönner hob das Fahrrad leicht in den Gepäckwagen, kaufte mir eine Fahrkarte, reichte sie mir, lächelte und war weg. Er verabschiedete sich nicht. Ich dankte ihm nicht für seine Freundlichkeit, und tatsächlich wurde kein Wort gesprochen, nachdem wir das kleine Blockhaus verlassen hatten.

Albert Love, den Schaffner, kannte ich, da ich oft in seinem Zug mitfuhr. Er half mir beim Einsteigen ins Auto und sagte lachend:

„Ah, du bist in den Sturm geraten und konntest nicht zurück, oder?"

„Ich wollte nicht", sagte ich.

"Oh! Ah! Relativ?" nickte mit dem Kopf in Richtung der sich zurückziehenden Gestalt des Mannes.

"Ja; Onkel."

hier einen Spinner. – , Ll'board '."

KAPITEL IX.
MARTHA HEATH.

Ich eilte vom Depot ins Büro und war nur eine Stunde zu spät.

„Sie kommen zu spät", sagte Mr. Hustler mit einem zynischen, kränklichen Lächeln, das einem finsteren Blick sehr ähnelte. „Nur eine Stunde. Notieren Sie es und geben Sie es dem Zeitnehmer."

Ich begann meine Arbeit und schien die Kraft zweier Frauen zu besitzen. Meine Finger schlugen wie ein Blitz auf die Tasten der Schreibmaschine und mein Kopf war klarer als je zuvor. Als ich einen Brief zur Beantwortung aufnahm, durchschaute ich ihn klar und traf sofort den entscheidenden Punkt; und doch war die ganze Zeit über das milde und empfängliche Gesicht des Mannes vor mir. Das seltsame Erlebnis, das ich durchgemacht hatte, blieb mir immer im Gedächtnis, und doch verschwand die Arbeit noch nie so schnell und schnell von meinem Schreibtisch. Wo ist der alte Philosoph, der sagte: „Der Geist kann nicht an zwei Dinge gleichzeitig denken"?

Zu Hause stellte ich fest, dass meine Mutter bis neun Uhr mit dem Tee auf mich gewartet hatte, als Martha Heath eintrat, und als ich das unberührte Abendessen und den Ausdruck der Verzweiflung auf dem Gesicht meiner Mutter sah, wusste ich die Situation auf einen Blick; Denn wenn eine kluge Frau etwas nicht erraten kann, wird sie es niemals, *niemals* , NIEMALS verstehen, wenn man es ihr sagt.

Martha Heath kam zu Aspasia Hobbs, aber Martha Heath fragte nicht nach Aspasia Hobbs. Sie warf einen Blick auf das Gesicht der zitternden alten Dame, die versuchte, die Flut zurückzuhalten, sah das ungekostete Abendessen, und Martha Heath erzählte dann und dort eine Lüge:

„Oh, ich bin gerade vorbeigekommen, um dir zu sagen, dass Aspasia mit einem der Mädchen nach Hause gegangen ist, die etwas nervös war, und vielleicht über den Sonntag bei ihr bleiben würde. Wer hat Ihr neues Kleid gemacht, Mrs. Hobbs? Fühlen Sie sich jetzt nicht groß! Sie erscheinen so gerne in gedruckter Form, dass Sie immer Kattun tragen!"

Und das Lachen, das darauf folgte, war ansteckend, und selbst die gute alte, ergraute Grimes spürte, wie die Anspannung nachließ, und auch sie kicherte. Alle drei Frauen setzten sich zum Tee, und Martha Heath aß wieder zu Abend, obwohl sie schon einmal zu Hause gegessen hatte, und sie unterhielten sich, und der Besucher redete etwas mehr als nötig. Sie erzählte, wie sie an diesem Nachmittag mit dem Fahrrad einen kurzsichtigen Kerl angefahren hatte, der hinter seinem Hut her war, und wie sie den Kerl nicht nur verärgerte, sondern auch seinen Hut überfuhr; und wie der Typ einen

Polizisten rief, um sie zu verhaften, aber der Polizist sagte, er „ dürfe das Mädchen nicht alleine angehen." Die Mutter vergaß ihre Sorgen und die Grimes lachten so sehr, dass sie ihren Tee umkippte, und als Martha Heath „Auf Wiedersehen, Mädels" sagte, lachten sie alle wieder, und Grimes wischte ihre messingumrandeten Brillen mit der Ecke einer großen karierten Schürze ab und sagte: „ Ist sie nicht ein queeres Mädchen? Und es war auch so nett von ihr, hierher zu kommen und uns zu sagen: „ Pasia wurde nicht ganz getötet!"

Sanfter und frommer Leser, Sie würden doch nicht lügen, oder? Ach nein! Aber Martha Heath hatte Vertrauen in mich. Ich bin selbstständig, stark und in der Lage, für mich selbst zu sorgen, und dem Himmel sei Dank recht heimelig genug! So werde ich auf der Straße nicht mehr von trübäugigen Faulenzern angestarrt. Martha Heath weiß das alles. Sie glaubt an mich. Martha Heath glaubt an die Vorsehung – nicht wahr?

Nun, die Arbeit hat geflogen! „Alles geht", sagte Hustler und sah zustimmend zu. Dienstag, Mittwoch, Donnerstag, Freitag, und irgendwie wurde ich etwas nachdenklicher; nicht nervös, aber ernst. Freitagnacht habe ich kaum eine Stunde geschlafen. Es schien, als würde ich gleich in eine andere und bessere Welt aufbrechen. Beim Frühstück am Samstagmorgen sagte meine Mutter:

„Heute ist es eine Woche her, Aspasia!"

„Oh ja", sagte ich innerlich.

„ Heute vor einer Woche! Und jetzt versuchen Sie niemals, Ihre alte Mutter, die Sie liebt, egal ob Sie sie lieben oder nicht, zu töten, indem Sie gehen, ohne es uns zu sagen. Wenn Martha Heath nicht gekommen wäre und uns gesagt hätte, wo du bist , wäre ich noch vor dem Morgen gestorben. Es war auch furchtbar gedankenlos von ihr, nicht sofort hierher gekommen zu sein. Sie hätte es nicht bis zehn Uhr aufschieben sollen.

Es war erst neun Uhr, aber wir machen unsere Sorgen gern so groß wie möglich, denn es gebührt uns größere Ehre, sie ertragen zu dürfen.

Ich stand auf, küsste meine gute Mutter und sagte: „Ja, ich werde es dir von nun an immer selbst sagen, wann ich weg bin – und das sage ich dir auch jetzt." Von jetzt an bis Oktober werde ich jeden Samstag weggehen, um über den Sonntag weg zu sein."

„Wie schärfer als der Zahn einer Klapperschlange ist es, ein undankbares Kind zu haben', sagt die Bibel, und nach allem, was ich auch für Sie getan habe! Oh, es ist zu viel zu denken, dass mein einziges Kind mich in meinem

Alter auf diese Weise verlassen würde, niemand weiß wohin, und uns alle in Schande bringen würde! Schande über uns, Schande über uns, dis-"

Es war zu viel, und sie bedeckte ihr Gesicht mit den Händen, brach in Tränen aus und wiegte sich hin und her . Hier unterbrach Mrs. Grimes:

"Frau. Hobbs, wirst du niemals —! Na ja, ' Pasia hat mehr Verstand als wir alle. Sie ist kein Idiot. Sie ist nicht – Warum bin ich nicht drei Wochen vor ihrer Geburt hierhergekommen, und habe ich sie nicht selbst gewaschen und angezogen? " Die sanfte Grimes nutzte immer die Gelegenheit, von meiner Geburt zu erzählen, um jedem Streiter das Wort zu entziehen, der behaupten könnte, ich sei nicht das Kind von Mr. und Mrs. Hobbs. "Frau. Hobbs, du bist ein Narr, und wenn Pasia jemals etwas Schlimmes tut , dann nur, weil du sie dazu treibst. Ich weiß nicht, wohin sie geht , und verdammt, wenn es mich interessiert! Ich werde ihr überall vertrauen! Mach weiter, ' Pasia , und bleib ein Jahr. Du wirst uns hier finden, wenn du zurückkommst ."

Der Grimes-Zyklon hatte die Atmosphäre gereinigt, der Regen hatte aufgehört, obwohl die Landschaft ein wenig zerzaust war. Ich küsste die liebe Mutter, schnappte mir meine Lunchtüte und war weg.

KAPITEL X.
ZWEITER SONNTAG – IN DEN WALD.

Ich eilte mit meiner Arbeit, wischte den Staub vom Schreibtisch, schloss die Schreibmaschine ab, stieg um zwei Uhr auf mein Fahrrad, ging direkt aus der Seneca Street heraus, über die Eisenbrücke, weiter über die Plank Road, vorbei an Wendlings, durch Springbrook und blieb stehen Dann schaute ich mich zum ersten Mal, als ich auf einem ansteigenden Gelände stand, in alle Richtungen um. Der Löwenzahn schien die Erde wie mit einem Teppich zu bedecken, und große Mengen weißer Weißdornbäume in Brautsträußen schmückten die Landschaft. Die Bäume brachen in Blätter aus, und durch die Stille drang das schläfrige Summen von Insekten, und in der Ferne konnte ich gerade noch das Bimmeln einer Kuhglocke hören. Links, zwei Meilen entfernt, sah ich einen dichten Wald, der den Hügel, auf dem er stand, in einen großen grünen Hügel zu verwandeln schien.

„Ja, das ist sicherlich der richtige Ort", sagte ich. Ich folgte der Plankenstraße eine Meile weiter und bog dann in eine Straße ein, die wie zwei nebeneinander liegende Wege wirkte, da eine Reihe grüner Grasnarben die Mitte der Fahrbahn füllten. Ich kam zum Wald, ließ die Gitterstäbe herunter, und auf der Lichtung stand das Blockhaus, und draußen unter den ausladenden Ästen einer großen Eiche saß der Mann. Er lächelte das gleiche süße Lächeln und bedeutete mir, neben ihm Platz zu nehmen, und wir saßen schweigend zusammen. Die Ruhe und Erholung schien vollkommen zu sein.

„Lasst uns hier unter den Bäumen sitzen", sagte der Mann, „und ich werde einige Dinge erklären, die ihr verstehen müsst, bevor ich die höheren Wahrheiten bekannt gebe, die ihr der Menschheit geben sollt."

„Vielleicht haben Sie sich gefragt, warum ich nicht in die Welt hinausgehe und von Angesicht zu Angesicht unterrichte; Und mein Grund, Freund, dass ich das nicht tue, ist, dass ich mich unbedingt verkleiden muss , wenn ich unter die Leute gehe. Sie verstanden mich nicht und riefen: „Kreuzige ihn!" Kreuzige ihn!' wie sie es in alten Zeiten taten. Wenn ich in die Stadt gehen und lehren würde, wie der Meister es tat, können Sie sich die Schlagzeilen in den Sonntagszeitungen vorstellen? Natürlich hätte ich Anhänger, aber selbst sie würden mich missverstehen und untereinander darüber streiten, wer der Größte im Himmelreich sein sollte. Viele von ihnen würden niederfallen und mich anbeten, und wenn ich aus ihren Augen verschwunden wäre, würde es eine immer größere Zahl geben, die mich vergöttlichen und meine Persönlichkeit mit der eines Gottes verwechseln würden, während die Macht, die ich besitze, für alle Menschen möglich ist . Sie würden sagen, ich sei kein Mann, sondern ein „höchstes Wesen". Auf der Grundlage meiner Metapher würden sie ein theologisches System aufbauen und meine Worte als Zaun nutzen, um die Wahrheit einzudämmen und einzuschränken, anstatt meine Prinzipien als eine breite Basis zu akzeptieren, auf der sie einen Turm bauen könnten, der den Himmel berührt.

„Ein moderner Prophet hat gesagt: ‚Ich bin erstaunt über die unglaubliche Menge an Judentum und Formalismus, die neunzehn Jahrhunderte nach der Verkündigung des Erlösers immer noch existiert.‘ „Es ist der Buchstabe, der tötet ", nach seinem Protest gegen die Verwendung einer toten Symbolik.

„Die neue Religion, die die alte ist, ist so tiefgreifend, dass sie bis heute nicht verstanden wird und für die große Zahl bekennender Christen eine Blasphemie darstellt. Im Mittelpunkt steht die Person Christi . Erlösung, ewiges Leben, Göttlichkeit, Menschlichkeit, Versöhnung, Gericht, Satan, Himmel und Hölle – all diese Überzeugungen sind so materialisiert und vergröbert worden, dass sie uns mit seltsamer Ironie das Schauspiel von Dingen präsentieren, die eine tiefe Bedeutung haben und dennoch fleischlich interpretiert werden. Christlicher Mut und christliche Freiheit müssen zurückgewonnen werden. Es ist die Kirche, die ketzerisch ist; Es ist die Kirche, deren Seele beunruhigt und deren Herz schüchtern ist. Ob wir wollen oder nicht, es gibt eine esoterische Lehre – es gibt eine direkte Offenbarung: „Jeder Mensch geht in Gott ein, so sehr wie Gott in ihn eingeht.“

„Sie würden mich einen Ketzer nennen, und Sie müssen bedenken, dass der Ketzer jemand ist, der über mehr Glauben verfügt. Ich beschränke den Glauben nicht auf dies und das, sondern dehne ihn auf alle Dinge aus. Nicht nur der Sonntag ist heilig, sondern alle Zeit ist heilig. Der Altarraum ist nicht heiliger als die Kirchenbank. Die Welt gehört Gott und alles ist seinem Nutzen heilig – unsere Bedürfnisse sind sein Nutzen.

„Sie haben meine Tropen wörtlich übersetzt, um sie an ihre eigenen Vorurteile anzupassen, und immer noch darauf bestanden, dass ich ein Gott sei, und meine Bedeutung verzerrt, um ihren eigenen falschen Taten einen Anschein von Vernunft zu geben. Das ist, wie die Geschichte zeigt, immer wieder geschehen.

„Osiris, Thor, Memnon, Jupiter, Apollo, Gautama und viele andere, die ich nennen könnte und die Sie kennen, waren starke und tapfere Männer, die auf der Erde lebten und der Menschheit große Vorteile brachten; aber unwissende und eigensinnige Menschen, die sich nicht damit zufrieden gaben, dass diese großen Männer ihr einfaches Leben ausleben sollten – denn die Großen sind einfach und geben als das aus, was sie sind –, zerstörten bis zu einem gewissen Grad ihren guten Einfluss, indem sie behaupteten, sie seien überhaupt keine Menschen; Und um ihre Aussagen zu beweisen, erfanden sie viele Geschichten und Pläne, wie unwahre Menschen Himmel und Erde anstrengen, um ihre Behauptungen zu beweisen, wie zum Beispiel, dass der große Mann auf „ *wundersame* " Weise geboren wurde – als ob die natürliche Geburt kein Wunder wäre Genug! – damals herrschte die höchst irrige Vorstellung, dass der Akt der Vitalisierung bösartig und falsch war, und diese barbarische Vorstellung lebt bis zu einem gewissen Grad noch immer in uns.

„Sie erinnern sich, dass Priester (Männer, von denen angenommen wurde, dass sie in direkter Verbindung mit der Gottheit standen) in alter Zeit die Macht hatten, Absolution zu gewähren – das heißt Sünden zu vergeben – und diese gewährten Ablässe; Das heißt, es wurde der Person gestattet, bestimmte sündige Taten zu begehen, und durch die Zahlung einer bestimmten Summe an die Priester wurde dem Sünder keine Strafe auferlegt. Die physischen Beziehungen der Geschlechter wurden von diesen Heiden als sündhaft angesehen (und tatsächlich befinden sie sich sicherlich unter falschen Bedingungen!), wobei die symbolische Bedeutung aus den Augen verloren wird, aber wie andere Sakramente am heiligsten sind, wenn sie im richtigen Geist durchgeführt werden, da sie a symbolisieren vollkommene Vereinigung des Geistes, völlige Hingabe und Hingabe der *Seele an die Seele* ; und viele Männer glauben nun, nachdem sie mit einer Frau vor einem Priester gestanden und bestimmte Versprechungen gemacht und diesem Priester eine Geldsumme gezahlt haben, dass sie bestimmte Rechte gegenüber dieser Frau haben; und manche Frauen glauben leider auch, dass es ihre Pflicht sei, sich einer lieblosen Umarmung zu unterwerfen und so den Körper zu entweihen, der der Tempel des Allerhöchsten ist. Und da es ein Gesetz Gottes ist, dass Sünde nicht ungestraft bleiben kann, sehen Sie, welch schier endloses Elend diese Übertretung mit sich bringt.

„Sünde kann nur durch Leiden ausgelöscht werden. Keine Gemeinde, kaum ein Haus ist frei von diesem Makel; und doch hat bis heute kein öffentlicher Lehrer (wir brauchen Lehrer, keine Prediger) seine Stimme erhoben oder die Feder benutzt, um dieses Unrecht wiedergutzumachen, das Männer und Frauen in ihrer Blindheit sich selbst zugefügt haben; aber in Wirklichkeit wurden Menschen durch die Ermutigung zu Ehen aus Zweckmäßigkeit und einer Vielzahl uneingestandener Beweggründe, von denen man annimmt, dass sie alle durch die religiöse Zeremonie geweiht werden, immer wieder ins Unrecht gebracht.“

KAPITEL XI.
IST ES SO?

Das war alles so neu für mich, dass ich das Gespräch am Sonntagmorgen mit der Frage begann:

„Was, Sie möchten nicht die Heiligkeit der Ehe abschaffen und an ihrer Stelle die freie Liebe etablieren?"

Der Mann schwieg einen Moment, dann richtete er seinen sanften Blick auf mich und mir wurde geantwortet. Ich wollte mich für die Unterbrechung entschuldigen, aber der Mann fuhr fort:

„Freund, ich weiß, was ich ungesagt gelassen habe. Keine lebende Seele auf der Erde erkennt heute die lebenswichtige Bedeutung und die Heiligkeit der wahren Ehe so vollständig wie ich, und obwohl ich einige Themen kurz ansprechen darf, dürfen Sie nicht glauben, dass ich alles gesagt habe, was zu diesem Thema zu sagen ist , denn ich kenne alle spirituellen Gesetze – alle Naturgesetze sind spirituell, denn hinter jeder materiellen Tatsache steht die spirituelle Wahrheit.

„Das Universum ist ein Ganzes, bestehend aus Teilen. Ich kenne die Beziehung dieser Teile zueinander und auch die Beziehung der Teile zum Ganzen. Alles Wissen gehört mir, bis hin zur Ersten Großen Sache, hinter der kein Mensch stehen kann, aber dennoch bin ich nicht ohne Hoffnung, selbst in dieser Hinsicht. Nun können Sie natürlich nicht alles verstehen, was ich Ihnen sagen werde, aber bekämpfen Sie es nicht. Der Versuch, geistig oder verbal zu widerlegen, bedeutet, die Ventile des Intellekts zu schließen, sodass man nicht empfangen kann. Diejenigen, die zu kontroversieren versuchen, nutzen jede Waffe, die ihnen zur Verfügung steht, sei es Wahrheit oder Irrtum, um ihr Ziel zu erreichen.

„Ich kenne Anwälte, die stolz auf ihre Fähigkeit sind, jede Aussage eines Mannes zu widerlegen, und ich sehe auch, dass der Chautauqua *Herald* in seinem Bemühen, Rev. Doctor Buckley lobend zu beschreiben, ihn als Kontroversisten bezeichnet. Der Kontroversist ist ein Kontroversist und stürzt sich darauf, seine Stärke ebenso schnell mit der Wahrheit wie mit dem Irrtum auf die Probe zu stellen. Er ist jedoch diplomatisch und bemüht sich, den Lieblingsritter seiner Königin – die Volksmeinung – nicht zu töten.

„Vermeiden Sie Kontroversen wie eine Giftschlange. Wenn Sie es kultivieren , werden Sie feststellen, dass Sie bei jedem Gespräch ständig eine Gegenargumentation formulieren. Dadurch verlierst du jeglichen Bezug zur Wahrheit und bleibst immer außerhalb der Himmelspforte.

„Setzen Sie sich ruhig hin, legen Sie Vorurteile, Eifersucht und Bosheit aus dem Weg, pflegen Sie stets die empfängliche Stimmung und Sie werden nur das Gute empfangen. Das Leben sollte Empfang sein, so wie die Auster mit teilweise geöffneter Schale die Wellen empfängt, die ihre Nahrung tragen. Was es braucht, wird absorbiert; Was nicht ist, wird von derselben Kraft weggespült, die es gebracht hat. Haben Sie keine Angst davor, etwas Schädliches zu empfangen. Haben Sie Vertrauen – wir sind in Gottes Hand und Er macht alles gut. Hat die Auster Angst vor einer Vergiftung? Wenn Sie nicht akzeptieren können, was ich sage, lassen Sie es geschehen. Vieles, was ich dir sage, kannst du aufnehmen; Wenn Sie den Rest nicht brauchen, wird die Flut alles rechtzeitig zurückbringen.

„Jede gewalttätige Willens- oder Glaubensgewalt ist schädlich und falsch, denn der Mensch ist nur der Träger der Wahrheit.“ Er sollte ein Prisma sein, das den großen Lichtstrahl empfängt, der von der einen Quelle allen Lebens und Lichts kommt, alle Schönheiten des Regenbogens, das Symbol der Verheißung, widerspiegelt und dabei niemals den aktinischen Strahl auslässt. Es liegt in der Macht eines jeden Menschen, die Schönheit und Güte des Unendlichen auf diese Weise widerzuspiegeln, und es gibt keinen Erfolg, der daran mangelt. Über dem Tempel in Delphi befand sich die Inschrift : „ Erkenne dich selbst.“ Lasst uns über den Tempel unseres Herzens die Worte in Weiß und Gold schreiben : „ Vertraue dir selbst.“

„Noch einmal: Sie müssen glauben, wenn ich sage, dass ich weiß, was unausgesprochen bleibt. Die Wahrheit ist paradox, denn sie behält ihr perfektes Gleichgewicht durch den Gegensatz zweier Kräfte, so wie die Erde in den weichen Armen der Atmosphäre liegt, schwebend zwischen zentrifugaler und zentripetaler Anziehung.

„Jetzt habe ich ein paar Dinge leicht berührt, nur um Ihnen zu zeigen, wie Menschen in ihrer Blindheit und hitzigen Eile das Gute verdreht haben. Augen, die es gewohnt sind, in der Dunkelheit zu leben, werden geblendet, wenn sie ans Licht kommen, und das erklärt zum Teil, warum die Großen missverstanden werden. Männer messen sie an ihrem kleinen Fußmaß, das entweder sechs Zoll oder zwei Fuß lang ist, und während die Meinungen darüber, ob der Mann ein Genie oder ein Narr ist, geteilt sind, entscheidet sich die Mehrheit für Letzteres; Dennoch gibt es viele, die sich nicht damit zufrieden geben, die Wunder zu sehen, die er vollbringt, sondern ihm Kräfte zuschreiben müssen, die er nicht besitzt. Der Mensch spricht jetzt mündlich mit seinem Freund über tausend Meilen im Weltraum. Die Stimme mit all ihren eigenartigen Tonlagen und Betonungen wird gehört und erkannt. Wir wissen, dass dies im Einklang mit dem Naturgesetz steht, aber wenn das Geheimnis nur einem einzigen Menschen bekannt wäre und der Rest von uns nichts über den Vorgang wüsste, würden wir diesem Mann übernatürliche Kräfte zuschreiben; Und als er starb, erzählten viele nicht nur, wie sie die Stimme aus tausend Meilen Entfernung hörten, sondern auch, wie sie den Mann über die ganze Distanz springen sahen, und viele andere Fabeln wurden über die wunderbaren Taten dieses Mannes erfunden.

„Jetzt bin ich im Besitz von Kräften, die im Einklang mit dem Naturgesetz ganz reibungslos funktionieren, die du aber für ein Wunder halten würdest; Aber eines Tages werden Sie und andere von denselben Gesetzen Gebrauch machen, so wie Ihre Stimme aufgezeichnet, in Flaschen verpackt und in einer Kiste über den Ozean getragen werden kann, und Ihr Körper möglicherweise stirbt und die Aufzeichnung Ihrer Stimme und die Geräusche weiterhin erhalten bleiben aus dieser kleinen Gelatinerolle nach Belieben zaubern . In einem Jahr werde ich viele Meilen entfernt sein, und du wirst zu Hause sein oder auf den Feldern spazieren gehen, und ich werde zu dir sprechen und du wirst antworten.

„Hast du nun erraten, warum ich mich dem Pöbel nicht offenbare und meine Perlen nicht vor die Säue streue? Ich unterrichte durch andere, gebe ihnen jeweils eine kleine Wahrheit, und sie geben sie weiter. Ich wähle Frauen aus, die meine Botschaften überbringen, denn sie sind sensibler für die Wahrheit – lebendiger – beeinflussbarer! Männer sind aggressiv und auf Eroberung bedacht – ihr Wunsch ist es, Platz und Macht zu erlangen und von Männern gesehen und gehört zu werden. Aber auch das hat seinen Platz, wenn auch ganz unten auf der Skala – es ist eine der Runden in der Spirale der Evolution; und alles zu seiner Zeit soll Männern beigebracht werden, aber die Arbeit muss von Frauen erledigt werden. Wie uns in der alten Fabel gelehrt wird – die übrigens auf der Wahrheit basiert –, dass der Mann durch die Frau gefallen ist, so wird ihn die Frau auch nach Eden zurückführen; und selbst jetzt sehe ich die herrliche Morgendämmerung, die den Sonnenaufgang ankündigt.

„Sie wissen jetzt, warum ich Sie berufen habe, und Sie verstehen auch, warum ich es mir nicht leisten kann, das Risiko eines teilweisen gegenwärtigen Scheiterns einzugehen – denn in Gottes Plänen gibt es kein Scheitern –, indem ich vor den Menschen stehe. Ich spreche mit vielen anderen Autoren und Rednern. Während ich hier in diesem wunderschönen Hain sitze und ihnen sage, was sie sagen sollen, ziehen sie um die ganze Welt und predigen jedem Geschöpf das Evangelium. Möglicherweise waren Sie überrascht, von Männern zu hören, die in verschiedenen Teilen der Welt zur gleichen Zeit dieselbe Wahrheit sagten – jetzt wissen Sie, wie es dazu kam. Deine Seele ist noch nicht zum Leben erweckt worden, daher kann ich nur durch diese langsame und grobe menschliche Erfindung, die wir Sprache nennen, mit dir sprechen; Aber es wird bald eine Zeit kommen, in der wir dies beiseite legen können, und Sie werden nicht länger ein Gefangener dieser fesselnden

Bedingungen sein; denn ihr werdet die Wahrheit erkennen, und die Wahrheit wird euch frei machen.“

So sprach der Mann, und die Sterne kamen einer nach dem anderen zum Vorschein, als das Tageslicht vom Himmel verschwand, und ich saß da und schien von staunender Ehrfurcht überströmt zu sein.

KAPITEL XII.
DRITTER SONNTAG – VORLÄUFIG.

„Nehmen Sie jetzt Ihr Notizbuch und Ihren Bleistift und lassen Sie uns einen kleinen Blick auf die Welt werfen und die Dinge so sehen, wie sie sind", sagte der Mann. „Dann werden Sie besser verstehen, was ich später sagen werde.

„Der mühsame Marsch des Fortschritts ist auf der Landkarte der Menschheitsgeschichte durch einen tiefen, durchgehenden roten Fleck gekennzeichnet, aber heute hören wir, wie sich König Wilhelm für seine riesige Armee entschuldigt, indem er sagt, sie werde nicht für den Krieg, sondern zur Wahrung des Friedens unterhalten." Europa.

„In zwanzig Jahren ist die Bevölkerung der Vereinigten Staaten von 40 auf 65 Millionen angewachsen, und unser stehendes Heer ist im gleichen Verhältnis zurückgegangen.

„Wir können nicht mehr ruhig schlafen, nachdem ein Mann gehängt wurde, und die Träume waren so hasserfüllt, dass mehrere Staaten die Todesstrafe vollständig abgeschafft haben und die übrigen Staaten rastlos nach einer humaneren (?) Tötungsmethode suchen." Wir haben es mit Stromschlägen versucht, weil jemand sagte, dass der Mann, der getötet hat, und der Mann, der getötet wurde, nie etwas davon erfahren würden; und hier in New York haben sie ein Gesetz verabschiedet, das besagt, dass die Menschen auch nichts von dem Mord erfahren dürfen und dass jeder Zeitungsverleger, der diesen Mord beschrieben hat, eines Verbrechens für schuldig befunden werden sollte. Nun geben wir uns nicht mit der tödlichen Arbeit der subtilen Flüssigkeit zufrieden; aber wenn es einer Volksabstimmung mit Hilfe einer geheimen Abstimmung unterzogen wird, sollten wir Richter und Geschworenen mit Nachdruck sagen: „Du sollst nicht töten."

„Diese erhöhte Sensibilität, die sich unserer Meinung nach bei der so angesprochenen Frage manifestiert, äußert sich in tausend verschiedenen Formen. Gefängnisse sind nicht länger Orte der Bestrafung, sondern der Disziplin; Die Birke ist nicht mehr der Hauptfaktor bei der Vermittlung von Ideen an die Jugend – wir wenden sie nicht auf die Anatomie, sondern auf den Verstand an, und wenn wir immer noch glauben, dass das Kind völlig verdorben ist, schämen wir uns ein wenig für diesen Glauben und sagen: nichts davon. Die Frau, die sich in ihrer Kutsche räkelt, fühlt sich nicht ganz wohl, denn ihr Geist ist sich der Tatsache bewusst, dass andere mit schmerzenden Füßen und müden Füßen schwere Lasten tragen. Wohlwollen ist zur Mode geworden, und auf „Change" ist tatsächlich von „Fresh Air Funds" die Rede. Überall hören wir von Gesellschaften christlicher Bestrebungen, der Chautauqua-Idee, ethischer Kultur und Kindergärten, nicht für die Oberschicht , sondern für den infizierten Bezirk, in dem zuvor Gewalt, Krankheit, Streit und Zwietracht herrschten. Jeder Prediger jeder Konfession gibt sich der größeren Hoffnung hin (möglicherweise gibt es unklare Ausnahmen) und zitiert zur Bestätigung seiner Argumentation die Seher, Propheten und Dichter, die zuvor von der Kanzel aus, auf der er jetzt predigt, denunziert wurden.

„Wir hören gerade viel von Häresie, aber der ‚Schuldige' ist nicht in Ungnade gefallen; im Gegenteil, sein Verbrechen stellt ihn einem größeren Publikum mit doppeltem Gehalt vor; und wenn man das sagen darf, herrscht im Ausland die allgemeine Überzeugung, dass einige Ketzer ihre Verfolgung gefördert haben. Sicherlich prüfen wir sie nicht auf das, was sie gesagt haben, sondern auf die Art und Weise, wie sie es gesagt haben. Ein Mann, der vor zwanzig Jahren ein Ketzer war, ist jetzt orthodox, denn sowohl auf der Kanzel als auch auf der Bank gibt es Glauben plus, und der Ketzer ist im Allgemeinen ein Mann mit grenzenlosem Glauben. Wir glauben nicht nur, dass Jesus Christus der Sohn Gottes war, sondern alle Menschen sind es oder können es sein, wenn sie ihr Erbe beanspruchen; nicht einer von sieben Tagen ist heilig, sondern alle; nicht, dass bestimmte Orte geweiht sind, sondern dass alles geweihter Boden ist und dass das Böse nur pervertiertes Gutes oder das Fehlen des Guten ist, so wie Dunkelheit das Fehlen von Licht ist. Diese Dinge hören wir ohne Überraschung von jeder Kanzel.

„Preiskämpfer tragen 6-Unzen-Handschuhe, und Frauen mit Polizeibefugnissen handeln im Namen von Gesellschaften, die sich für die Verhinderung von Tier- und Kinderquälerei einsetzen. Matronen sind in Gefängnissen und Bahnhofsgebäuden zu finden, und die Maxime „Macht macht Recht" wurde umgekehrt. Noch nie war die Träne des Mitleids so nah an der Oberfläche, und die Veränderung, von der ich spreche, hat größtenteils seit 1870 stattgefunden. In diesen einundzwanzig Jahren wurde das steinerne Herz des Menschen mehr erweicht als in den dreihundert Jahren davor.

„Jetzt nähern wir uns der entscheidenden Frage, denn ich möchte Ihnen sagen, warum diese Änderung stattgefunden hat; warum unser Gesicht jetzt Zion zugewandt ist. Die Antwort, die ich gebe, gebe ich nicht spontan, sondern nach sorgfältiger Überlegung und sorgfältigem Studium über viele, viele Jahre hinweg. *Der Zeitgeist hat sich durch und durch den Einfluss der Frau verändert.*

„Die wahre Essenz des Sex ist spirituell; Und da hinter jeder physischen Tatsache eine spirituelle Wahrheit steckt, liegt über diesem sexuellen Instinkt hinaus das heiligste und göttlichste Geschenk, das dem Menschen gegeben wird. In den Enzyklopädien lesen wir, dass diese Neigung „ihren Zweck in der Fortpflanzung der Art hat". Und ist die Natur doch nur ein Betrüger? ein praktischer Witzbold? Ist dieser schöne Traum vom heiligen Frieden und der Freude, endlich von jemandem verstanden zu werden , liebevoll, sanft, zärtlich, wahrhaftig, in dessen Gegenwart man laut denken und zur Ruhe kommen kann? Handelt es sich dabei doch nur um einen Plan zur Fortpflanzung unserer Art? Wenn wir uns mit der Art befassen, ist die Fortpflanzung dieser Art das höchste Gut? Sogar gute Männer haben das gedacht; und wegen des Missbrauchs der heiligeren Gabe Gottes wurde der Mensch aus Eden verbannt und wanderte weit umher. Die Rückkehr wird langsam sein, und das muss an der Art und Weise liegen, wie er gekommen ist. Es geht nicht anders. Das Kloster ist ebenso ein Misserfolg wie das Haus von Camille. Nur wenn wir das richtige Verhältnis von Mann und Frau kennen, können wir den Himmel erlangen.

„Du siehst mich, den Besitzer allen Wissens, und der Himmel gehört mir – denn der Himmel ist kein Ort, sondern ein Zustand des Geistes. Scheinbar bin ich allein, denn dein physisches Auge sieht niemanden in der Nähe; aber sie ist immer bei mir – ich spüre jetzt ihre Hand, wie sie sanft auf meinem Kopf ruht. Freund, ich bin, was ich bin, durch die Liebe der Frau. Liebe ist Leben.

„Es gibt eine Klasse von Frauen, die meinen aufrichtigen und tiefen Respekt besonders genießen, das sind die ‚alten Jungfern'." Sie bilden heute in diesem Land eine echte Schwesternschaft der Barmherzigkeit. Sie erledigen die Arbeit, die niemand sonst tun wird oder tun kann. In jedem Dorf gibt es alte Eltern, Waisenkinder, verwitwete Brüder, hilflose Invaliden, Obdachlose und Freunde, die der selbstlosen Hingabe einer alten Jungfer eine Dankschuld schulden, die die Zeit niemals zurückzahlen kann. Es sind Frauen, die ihre Weiblichkeit nicht zugunsten eines „Ernährers" aufgeben oder der vermeintlichen Schande der Jungfräulichkeit entgehen wollen. Wenn eine Frau einmal beschließt, einen Mann zu haben, kann sie sich immer ein Spiel sichern, indem sie einfach ihr Netz ausbreitet und sich nicht zu sehr auf die Qualität einlässt, denn ganz gleich, wie dumm, frivol und eitel eine Frau ist, es gibt ein Spiel ein Mann in Ihrer Nähe, der ihr überlegen sein wird. Ich bin froh zu wissen, dass die Zahl der alten Jungfern zunimmt, denn es wäre tausendmal besser für eine Frau, alleine durchs Leben zu gehen, als sich auf eine Allianz ohne ihren echten geistigen und spirituellen Partner einzulassen. Dies könnte Ihnen einen Hinweis auf den Grund für die wohlbekannte Tatsache geben, dass die durchschnittliche alte Jungfer ihre verheiratete Schwester in Intelligenz und Bildung übertrifft. Wenn ein Mann die falsche Frau heiratet , ist das ein Fehler, für die Frau ist es ein Fehler."

KAPITEL XIII.
VIERTER SONNTAG – ATMOSPHÄRE.

Ich saß da, das Notizbuch auf dem Knie, den Bleistift in der Hand, und der Mann begann:

„Die Luft hier auf diesem Hügel ist voller Gesundheit und Heilung. Sie wissen, dass physisches Leben nur in einer richtigen Atmosphäre möglich ist. Fügen Sie noch fünf Teile Kohlensäuregas hinzu und der Körper ist vergiftet – hört auf zu wirken – stirbt! Sehen Sie die Veränderung in den Bestandteilen der Luft? Nein – Ihre Sinne bemerken überhaupt keine Veränderung, wenn das Gift schrittweise eingeführt wird; und so hat der Einsatz des elektrischen Lichts in Hotels eine große Lebensrettung für die Landbevölkerung bewirkt, denn selbst der verzweifeltste Versuch, es auszulöschen, erweist sich als vergeblich; Aber früher verging kaum ein Monat in einer Stadt, in dem nicht ein unschuldiger und unwissender Mensch die Tür abschloss, das Fenster schloss, seine physische Atmosphäre verunstaltete und langsam und sicher in den Schlaf glitt, den wir Tod nennen.

„Im Karbon gab es keine Atmosphäre, die das Leben von Tieren beherbergen konnte. Die Vegetation war blütenlos und die Bäume wuchsen in Sümpfen voller giftiger Miasmen, Tod und Dunkelheit. Keine Blumen schmückten die Erde oder die Baumwipfel, keine Früchte hingen an den Zweigen, der Gesang der Vögel war nicht zu hören und das einzige tierische Leben bestand aus Mollusken und den niederen Formen der belebten Existenz. Allmählich wurde der Kohlenstoff in der Luft von der Vegetation absorbiert und sank unter die sich biegende Senke, und neue Bäume wuchsen, und noch andere folgten, und diese sanken und sanken wieder und trugen das Material, das die leuchtende Kohle gebildet hatte, in die Tiefe hinab wärmt und erheitert unsere Häuser.

„Nach und nach ging dieser Reinigungsprozess weiter; Es entstanden immer mehr Pflanzenarten; Auch diese absorbierten das Gift aus der Luft und bereiteten sich darauf vor, dass die Erde ihren König empfangen könnte. Das Tierleben erschien in Monstergestalt; wilde, schreckliche Gestalten, die über das Land, durch verworrene Sümpfe krochen oder über das Meer schwammen und in der Atmosphäre des Schleims – der Dunkelheit – des Todes gediehen. Allmählich sind diese Albtraumformen verschwunden und haben hier und da nur düstere Überreste und Fußabdrücke hinterlassen, aus denen geniale Männer das richtige Verhältnis zum Ganzen erraten haben. Feiner und feiner, immer besser wächst das wimmelnde Leben der Tiere und Blumen, bis es mit den Worten des Propheten gesagt wird:

„„Süß ist der Atem des Morgens,

Ihr Aufgang ist süß mit dem Gesang der ersten Vögel;

Angenehm die Sonne, als erstes an diesem herrlichen Morgen

Er breitet seinen Orientstrahl über Kräuter, Bäume, Früchte und Blumen aus,

Glitzernd vor Tau.

Duftet die fruchtbare Erde nach sanften Regenfällen,

Und süß das Herannahen der dankbaren Abenddämmerung.'"

Der Mann schien nachdenklich zu sein, anstatt mit mir zu reden, und ich dachte, er hätte ohne besonderen Sinn geredet, denn er saß jetzt still, mit dem Rücken zu mir, und schaute aus dem Fenster; Aber es kam mir wie ein Blitz in den Sinn, ohne dass er mit Worten erklärte, dass der Einblick, den er in die Geschichte der Erde gegeben hatte, nur eine Zusammenfassung der Seelengeschichte des Menschen war. Ich sah, wie die Horden eroberungswilliger Barbaren aus Assyrien nach Mazedonien, nach Griechenland, strömten. Ich sah, wie die wimmelnden Millionen Persiens kämpfend unter der sinkenden Senke versanken, und wie Griechenland mit edlen, sanften und raffinierten Männern hervortrat, verglichen mit dem, was die Menschen vor ihnen waren. Rom erschien, und ich dachte sicherlich, dass die Karbonzeit mit ihren giftigen Dämpfen zurückkommen würde, als Cäsar nach Gallien und dann in die Bretagne übersiedelte .

Jahrhundertelang gab die Erde kein Zeichen von sich; Aber plötzlich sah ich eine Frau – sicherlich keine ideale, aber Männer hoben ihren Hut vor der jungfräulichen Königin, und mit dem elisabethanischen Zeitalter kamen ein Spencer und ein Shakespeare.

Sicherlich hatten die Blumen begonnen zu blühen, die Wälder waren voller Vogelgesang und ich wusste, dass der Mann an das „Was-ist-zu-Sein" dachte, als er langsam und leise den Vers wiederholte, den ich geschrieben hatte. Er drehte sich um und sah mich an – unsere Blicke trafen sich in einer festen, sanften Umarmung. Vielleicht lächelten wir beide und er wusste, dass ich es verstand. Ich hatte einen großen Schritt nach vorne gemacht. Er hatte wortlos zu mir über ein Thema gesprochen, an das ich nie gedacht hatte. Ich hatte die Nachricht erhalten und hatte das Gefühl, dass dies erst der Anfang war – erst sechs Uhr morgens.

Ich wusste alles, was er über die Atmosphäre sagen würde – dass, wenn der Körper nur in einer richtigen Atmosphäre leben kann , der Geist auch nicht leben kann; Denn immer wieder hatte ich den Mann sagen hören: „Die materielle Welt ist nur ein Symbol – hinter jeder physischen Tatsache verbirgt sich eine spirituelle Wahrheit." Jeder Planet hat seine eigene physische Atmosphäre, die je nach seiner Entwicklung variiert."

„Jeder Mensch trägt eine Atmosphäre mit sich, die je nach seiner Entwicklung variiert", fuhr der Mann fort, „und deshalb wirkt und lebt Ihr Geist – das heißt Ihr besseres Selbst – in der Gegenwart einer Person. Du denkst mit diesem Freund großartige und erhabene Gedanken. Keiner darf ein Wort sagen, aber dein Herz ist voller Liebe, Wohlwollen und Wohlwollen. Jetzt mag die Person für Sie völlig fremd sein und Ihnen dennoch eine Atmosphäre bieten, in der Ihr Geist jubeln und singen kann. Und noch einmal, wer hat beim Betreten der Gegenwart anderer nicht gespürt, dass die Luft mit Schwefel- und Kohlensäuredämpfen erfüllt war. Du wirst mürrisch, niedergeschlagen, gehässig, entmutigt. Das liegt nur daran, dass Ihr Geist sich jetzt in einer ungünstigen Atmosphäre befindet. Wenn Sie genug von diesen Menschen haben, die eine verdorbene Atmosphäre in sich tragen und Sie in ihrer Gegenwart festhalten, werden Sie zurückschrecken und sterben. Tausende und Abertausende Männer und Frauen (Frauen leiden mehr als Männer unter einer schlechten spirituellen Atmosphäre, da sie sensibler und spiritueller sind) sterben jedes Jahr, und andere schleppen ihren Körper herum – lebende Leichen. Sehen Sie sie auf der Straße – diese sorgenvollen, hageren Gesichter. Sie sterben aus Mangel an Gottes Sonnenschein – ihre Seelen atmen eine Atmosphäre von Hass, Misstrauen, Eifersucht und grausamem Ehrgeiz.

„Das ist der Grund für die große Zahl von Wahnsinnsfällen unter Bäuerinnen. Sie leben wie viele und atmen nur die Atmosphäre derer ein, die schwer ermüdet und verzweifelt sind – oder die denken, dass sie es sind, was dasselbe ist: „Denn so wie ein Mensch denkt, ist er auch." Da sie ihren Mann nur körperlich und nicht geistig trifft, ist es ihr unmöglich, eine starke eigene spirituelle Atmosphäre zu erzeugen. Ist es also ein Wunder, dass die Seele müde wird, der Körper kämpft, laut schreit, schwankt, schwankt und fällt?

„Gute Menschen, die zusammenkommen, über gute Dinge reden, großartige Gedanken denken, allen Streit, Neid und Zwietracht beiseite legen, schaffen eine Atmosphäre, die das spirituelle Wachstum begünstigt, und ermöglichen es den Seelen aller, sich auszudehnen und die Unendlichkeit zu berühren."

„Jeder böse Gedanke, der durch den Geist huscht, vergiftet die Atmosphäre, die oft Seelen atmen müssen, und jeder gute Gedanke, den Sie denken, trägt zur Gesamtsumme des Guten bei und bereichert, ob ausgesprochen oder unausgesprochen, das Universum, denn der Gedanke ist eine erschaffende Einheit." Eine Schwingung, die zu zart ist, als dass unsere stumpfen physischen Sinne sie wahrnehmen könnten, aber unser Geist wird dadurch beeinflusst.

„Aber das reicht. Du musst dich ausruhen und dann aufschreiben, was ich dir gesagt habe. Was ich Ihnen nächsten Sonntag sagen werde, ist von viel größerer Bedeutung, als Sie mich bisher sprechen gehört haben."

KAPITEL XIV.
FÜNFTER SONNTAG – EINE OFFENBARUNG.

Der Sonntagmorgen kam. Der Tag war perfekt. Große weiße, wogende Wolken schwebten träge über dem blauen Äther, eine sanfte Brise bewegte kaum wahrnehmbar die Blätter der Bäume, und die ganze Natur schien erhaben. Die Vögel zwitscherten in den Kiefern, als wir darunter gingen, und die Luft war erfüllt von Gesundheit und Heilung.

Der Mann hatte mir in der Woche zuvor gesagt, dass das, was er mir heute sagen würde, von großer Bedeutung sei – dass ich es nicht sofort aufschreiben müsse, weil ich es nicht vergessen könne. Natürlich war ich etwas erwartungsvoll.

„Sie haben natürlich einiges von Shakespeare gelesen", begann er. „Ja, ich weiß, in der Schule, und dann hast du seine Stücke gesehen. Dies hat Ihnen einen Einblick in seine Gedanken gegeben; Aber man könnte jahrelang studieren, sicherlich viel länger, als er brauchte, um sie zu schreiben, und dann nicht die volle Bedeutung von Shakespeares Worten verstehen. Dennoch ist der Unterschied zwischen Ihrem Geist und dem von Shakespeare nicht so groß, wie man zunächst vermuten könnte. Du selbst denkst große Gedanken – sie kommen manchmal in großen Wellen zu dir und drohen dich fast zu verschlingen; hohe und heilige Bestrebungen; Erhabene Impulse, die du nicht zu versuchen wagst, für das sterbliche Ohr in Worte zu fassen, denn du zweifelst an deiner eigenen Stärke und fürchtest auch, missverstanden zu werden. Daher kommt Ihr bester Gedanke nie zum Ausdruck, denn es gibt kein Gefäß, in dem Sie ihn ausschütten können – Sie haben das Gefühl, allein durchs Leben zu gehen, und so geht der Gedanke im Handumdrehen durch Ihr Gehirn und ist für immer verschwunden.

„Alle Menschen denken große Gedanken – nur wenige haben die Macht, den elektrischen Funken zu ergreifen und ihn in Worte zu kleiden. In dem Maße, in dem Sie Shakespeare verstehen, sind Sie ihm ebenbürtig. Wenn Sie einen schönen Gedanken aufgezeichnet sehen und seine Schönheit erkennen, gehörte er bereits Ihnen, sonst hätten Sie ihn nicht erkannt. Es gehörte schon einmal Ihnen, aber Sie haben nie Anspruch auf Ihr Erbe erhoben. Derselbe Gedanke ging Ihnen in diesem oder einem früheren Leben durch den Kopf, aber Sie konnten ihn nicht festhalten; aber wenn es von den Lippen des Predigers kommt oder Ihnen von den Seiten eines großen Schriftstellers zugeflüstert wird, sagen Sie: „Ah ja, wie wahr!" Ich habe selbst das Gleiche gedacht.'

„Nun hatte Shakespeare die Fähigkeit (und zwar eine mehr oder weniger mechanische), jeden erhabenen Gedanken, der ihm durch den Kopf ging, mit einem Griff zu ergreifen, der so stark wie Eisen und so weich wie eine seidene Schnur war. Deine Truppe von Fantasien rennt wild durch die Prärien der Fantasie, meine und Shakespeares sind angeschnallt und gezügelt. Wir leiten oder führen sie, wohin wir wollen; Wir beherrschen sie, nicht sie uns. Der schöne Gedanke, den du gestern wie ein Wirbelwind weitergetragen hast, wo ist er jetzt? Sie bemühen sich, sich daran zu erinnern – aber nein, alles ist dunkel, neblig und unklar. Es ist verschwunden!

„Jetzt können Sie unter den richtigen Bedingungen diese leuchtenden, tänzelnden Gedanken nach Belieben aufrufen, geordnet, einen nach dem anderen, sauber und vollständig wie Rennpferde, bei denen jeder von einem kompetenten Pferdepfleger vor Ihnen geführt wird; nicht in einem wilden Ansturm der Raserei, der Sie danach erschöpft und deprimiert zurücklässt, sondern sanft, sicher, bestimmt – *aber die Bedingungen müssen stimmen* . Was sind nun diese Bedingungen, fragen Sie. Nun, wenn ich Ihnen die Bedingungen beschreibe, die Shakespeare vom Jahr 1585, als er nach London ging, bis 1615, als er nach Stratford zurückkehrte, umgaben, dann wissen Sie, was die richtigen Bedingungen für geistiges Wachstum sind.

„Die Mutter von William Shakespeare, Mary Arden, war eine großartige und edle Frau. Mir fehlen die Worte, wenn ich versuche, sie zu beschreiben! Die Seele sondert den Körper ab, und wie kann ich Ihnen die Wohnstätte dieses großen und erhabenen Geistes zeigen, wenn ich ihn jetzt mit meinen inneren Augen betrachte? Eher groß als sonst, eine gertenschlanke, geschmeidige Gestalt, stark wie Fischbein, doch zunächst hätte man sie für zierlich halten können; Haar hell, tendenziell kastanienbraun, gewellt; Ihre Augen waren himmelblau, mit einem verträumten, weit entfernten Ausdruck, nicht auf irdische Dinge fixiert, sondern ins Jenseits blickend. Sie sah Dinge, die andere nie sahen, sie hörte Musik, die andere nicht hörten. Ihr Gesicht kann ich nicht beschreiben! Einige neidische Frauen sagten, sie sei heimelig, denn ihre Gesichtszüge seien ziemlich groß und unregelmäßig; aber einige sahen in diesem Gesicht den Ausdruck sanfter Größe, denn die wirklich Großen sind immer sanftmütig und bescheiden. Sie sprechen mit gesenkter Stimme – sie zögern. Ist es Angst? Sie schweigen, wenn wir sagen, sie sollten es bejahen – und Pilatus wunderte sich.

„Diese Frau gebar acht Kinder, vier Jungen und vier Mädchen. Nur eines davon erlangte Berühmtheit – es war ihr drittes Kind. Die anderen wurden unter scheinbar gleich günstigen Umständen geboren, aber der Geist, den sie bei ihrer Empfängnis im Jahr 1563 zu sich rief, war von anderer Natur als der, der bei den anderen sieben vorherrschte. Sie war damals einunddreißig Jahre alt; ihr Geist arbeitet in Richtung des Ideals; ihr Leben ist ruhig; Die gesamte Umgebung von ihrer besten Seite. Aber wir müssen uns beeilen.“

Ich hatte mein Stenografie-Notizbuch mitgebracht und habe die Worte des Mannes fast vom ersten Moment an genau übernommen, da ich fürchtete, ich würde mich nicht mehr an sie erinnern. Wir saßen auf einem Baumstamm unter den großen Kiefern, und während der Mann langsam sprach, verstand ich genau die Worte, die ich Ihnen in diesem Buch gebe. Der Mann fuhr fort:

„John Shakespeare war seiner Frau keineswegs ebenbürtig, aber dennoch ein guter Mann, der seine Frau liebte und ein wenig Angst vor ihr hatte. Sie war gut und sanft, aber trotz ihrer scheinbaren Sensibilität so selbstbewusst, dass der gute Mann sie nie ganz verstehen konnte; aber er behandelte sie stets mit der unbeholfenen, aber angemessenen Zärtlichkeit des großen, starken, haarigen, einfältigen Mannes, der er war.

„William bereitete seinen Eltern mehr Ärger und Kummer als alle anderen Kinder zusammen. Sie konnten ihn überhaupt nicht verstehen. Er war klug, wollte aber nicht lernen; Er war stark, konnte aber nur durch Zauber wirken. Er verschwand von der Aufgabe, die ihm gestellt worden war, und fand sich auf dem Rücken liegend unter den Bäumen wieder, während er durch die Zweige zu den großen weißen Wolken hinaufschaute, die am Himmel schwebten. Er hatte ganz eigene Verstecke in den Wäldern und Tälern, in denen er stundenlang allein verbrachte, und doch konnte er sich in den kindlichen Ausgelassenheiten und Spielen der Jugend immer behaupten.

„Mit achtzehn (ich denke nur ungern an diese schrecklichen Zeiten) heiratete er Anne Hathaway, zehn Jahre älter als er. Diese Frau bekam einen Monat nach ihrer Heirat ein Kind. Ich könnte Ihnen alle Einzelheiten dieser Angelegenheit erzählen; darüber, wie er diese ignorante und dumme Frau geheiratet hat, um eine andere zu verteidigen, aber lassen Sie uns darüber hinweggehen. Die Welt muss das Böse nicht kennen, sie hört jetzt zu viel davon. Lasst uns nur beim Guten verweilen, das Gute denken, das Gute sagen, und dann werden wir das Gute leben.

„Drei Jahre lang lebte Shakespeare angeblich mit dieser Frau zusammen, die launisch, unwissend, tadelnswert und eifersüchtig war – immer vorwurfsvoll und zu gern Ratschläge gebend, und außerdem eine äußerst unsaubere und schlampige Haushälterin." Als er sie heiratete, akzeptierte Shakespeare sie im Guten wie im Schlechten, es erwies sich als schlimmer, aber er war entschlossen, es zu ertragen und auszuleben; aber nach drei Jahren im Fegefeuer wischte er die beginnenden Tränen weg, nahm ein paar kleine notwendige Dinge, band sie in ein Taschentuch und sagte nicht einmal „Lebewohl" zu der lieben Mutter, die er liebte (obwohl sie ihn nicht verstand). Er machte sich zu Fuß auf den Weg nach London und wollte unbedingt in der großen Menschenmenge untergehen. Er kam mittellos, zerlumpt und mit schmerzenden Füßen an und suchte vergeblich nach einer Anstellung; aber was konnte der arme Landjunge tun? Kein Handwerk, keine

Ausbildung, keine Erfahrung mit praktischen Dingen! Wenn er an die Manieren höflicher Menschen gewöhnt gewesen wäre, hätte er ihn als Diener verdingen können; aber leider! Er war nur ein Landarbeiter, der nicht an die Sitten der Stadt gewöhnt war und fast an den Rand des Verhungerns getrieben war. Er hielt sich am Eingang des Theaters auf und bot an, die Pferde der Besucher zu halten, die hineingingen. Dabei sammelte er genug, um seine dürftige Verpflegung und Unterkunft zu bezahlen. Neben dem Halten von Pferden trug er eine Laterne und erhöhte sein kleines Einkommen, indem er die Leute nach dem Theaterstück nach Hause begleitete, bevor er Laterne und Stab trug. Wissen Sie, die Straßen Londons waren damals nicht beleuchtet, und auch im Schutz der Nacht gab es viele Räuber, so dass starke junge Männer gebraucht wurden, die in der Lage waren, Schutz zu bieten. Gelegentlich wurde er als Soldat oder Statist ins Theater gerufen.

„Eines Abends wurde er verlobt, eine Dame und ihre Tochter von zu Hause zum Theaterstück und nach der Vorstellung wieder zurück zu begleiten. Diese Frau war die Witwe eines italienischen Adligen namens Bowenni , der aus politischen Gründen aus seiner Heimat vertrieben wurde. Er starb in London und hinterließ der Witwe und der Tochter ein Einkommen, das bei umsichtiger Verwaltung völlig für ihre Bedürfnisse ausreichte . Die Tochter war zu dem von mir erwähnten Zeitpunkt vierundzwanzig Jahre alt, ein Mädchen von höchster Bildung und Vornehmheit. Wie alle Italiener war sie eine geborene Linguistin und sprach fließend Französisch, Deutsch, Griechisch und Latein. Ihr Vater war ein Gelehrter und jahrelang der Lehrer und einziger Spielkamerad dieser Tochter. Gemeinsam studierten sie Homer und Platon (die Wunder Griechenlands wurden gerade zum ersten Mal in England erschlossen) und die Schönheiten der französischen Moralisten, die sie Tag für Tag mit immer größerer Freude analysierten; denn das Mädchen empfand die Dreieinigkeit von Wahrheit, Schönheit und Güte, die einander umfasst, als eine wunderbare, freudige Empfänglichkeit. Ihr Vater achtete sorgfältig darauf, dass ihr nur die beste geistige Nahrung zuteil wurde. Im Exil waren sie durch Ägypten gereist, hatten Monate in Dänemark, Spanien und Portugal verbracht, kannten Rom, Venedig und das Mittelmeer in- und auswendig, und wohin sie auch gingen, der Vater sicherte sich die besten Bücher des Ortes – denn das dürfen Sie in diesen nicht vergessen Damals verließen die Bücher eines Autors nur sehr selten das eigene Land und wurden schon gar nicht in anderen Ländern zum Verkauf angeboten, und die Werke französischer Dramatiker waren in England nahezu unbekannt.

„Nachdem unsere Jugend Mutter und Tochter an der Tür ihrer Wohnung zurückgelassen hatte und sie eingetreten waren, fragte die Tochter: ‚Meine Mutter, ist dir die respektvolle Haltung des jungen Mannes aufgefallen, den wir engagierten, um uns zu betreuen? – wie wachsam Er sollte dafür sorgen, dass uns kein Unfall widerfuhr? Doch er sprach kein Wort und zwang uns auch nicht dazu, Aufmerksamkeit zu erregen, sondern schien nur darauf bedacht zu sein, seine Pflicht zu erfüllen.'

„,Ja', sagte die Mutter, ,ein Jüngling mit gutem Körperbau und dabei schön anzusehen; nicht groß, aber stark. Er verhält sich nicht pompös und beugt sich nicht zurück, wie andere Diener es tun; aber die männliche Brust – sie führt und meint, die Krone sei an ihrem richtigen Platz. Wir werden ihn wieder engagieren, denn ehrliche und gut geleistete Arbeit wird immer ihren eigenen Lohn bringen."

„Aber ich muss mich beeilen und darf meine Zeit nicht mit bloßen Details verschwenden. Es genügt zu sagen, dass der junge Mann angeheuert wurde, um die edle Dame und ihre Tochter jeden Donnerstagabend ins Theater zu begleiten, und dass die Tochter nach vier Wochen vorschlug, dass der junge Mann so vornehm in seinem Benehmen, so bescheiden und bescheiden sei Er hatte so anmutige Gesichtszüge, dass es für ihn nicht schaden würde, sie als Freund und Begleiter zu begleiten. „Niemand muss es wissen", sagte sie naiv, und nach vielen Bedenken seitens der Mutter wurde der Plan dem jungen Mann vorgeschlagen, der sich nur mit unbedecktem Kopf verneigte und sagte: „Madame, ich bin Ihr Tagelöhner und daher bei Ihnen." Dienst, um alles zu tun, was du befehlen magst, was nur richtig sein kann.'

„Also wurde geeignete Kleidung gekauft, und als der junge Mann erschien, waren die Frauen sehr überrascht, einen perfekten Herrn zu sehen, ernst und ,zum Herrenhaus geboren'. Er hielt jetzt nicht mehr Pferde am Eingang, sondern erschien gelegentlich in einem nicht sprechenden Teil auf der Bühne, wobei die junge Italienerin dann nur noch eine Figur auf der Bühne sah. Auf dem Heimweg diskutierten die Mutter und der junge Mann oft über das Stück, und der junge Mann schien sich an jeden Teil zu erinnern und wiederholte ganze Strophen, wenn er dazu aufgefordert wurde, Wort für Wort; und sagen Sie dann ohne jeglichen Egoismus ganz offen: „Es hätte so ausgedrückt werden sollen – oder so." Auf all diese Fragen gaben Mutter und Tochter keine Antwort, sondern sahen sich erstaunt an, weil sie dachten, dass jemand, der nicht gereist war, die Sitten und Gebräuche der Höfe nicht kannte und kaum lesen gelernt hatte, Marlowe wiedergutmachen konnte.

„Eines Abends vor dem Spiel erschien der Manager und bot fünfundzwanzig Pfund als Belohnung für das beste Spiel – alles gegeben vom Earl of Southampton. Als sie nach dem Stück nach Hause gingen, waren die Wangen der Tochter gerötet und ihr Herz schlug schnell. Ihr Blut kochte wie in einem wahnsinnigen Aufruhr. Kaum schien sie den Boden zu berühren, so schnell ging sie und hielt sich immer fester und fester am Arm des jungen Mannes. Schließlich drehte er sein Gesicht um – sein Blick traf ihren – ihre Stimme klang mit einem Satz –

„„Das Stück – das Stück ist das Ding!' Wir werden es schreiben – du und ich!
Die Handlung? Es gehört mir schon, alles in einem großen französischen
Buch, muffig und versteckt. Ja, das Grundstück werden wir leihen und
wieder zurückgeben, wenn Frankreich es verlangt. Ha – du, William, komm
morgen Abend, und du wirst es in deinen eigenen unvergleichlichen Worten
niederschreiben, während ich übersetze. Das Stück ist das Ding – das Stück
ist das Ding!'

„So sprach das ungestüme italienische Mädchen, und die Mutter war sehr
überrascht über den wilden Ausbruch ihres naiven Kindes, stimmte aber zu,
und sanft sinnierte die Mutter mit leisem Akzent, als Echo die Stimme
antwortet: ‚Das Stück ist das Ding ! ' Und der junge Mann sagte leise zu sich
selbst, als er nach Hause schlenderte: „Das Stück ist das Richtige!" Das Stück
ist genau das Richtige!"‘

Kapitel XV.
SHAKESPEARIANA – „ WAHRHEIT, HERR."

Nach dem Abendessen in der Hütte stellten wir unsere Stühle unter die Bäume, und der Mann sagte:

„Ja, ich weiß, dass Sie mehr über Shakespeare hören möchten, aber bevor ich Ihnen mehr über seine persönliche Geschichte erzähle, wollen wir zwei oder drei Fakten in Bezug auf ihn betrachten. Erstens wissen Sie, dass er technisch gesehen kein Gelehrter war. Zwischen ihm und den großen antiken Herzen, die er lesen sollte, herrschte keine frostige Dämmerung antiquarischer Überlieferungen. Er musste nicht zwischen mottenzerfressenen Cerements und rostigen Rüstungen zurechtschneiden, messen und justieren, um das Äußere und die Hülle längst vergangener Zeiten wieder hervorbringen zu können, sondern nur, um die Tore des menschlichen Herzens zu durchbrechen, diese Es sind unsterbliche Töne zu hören, die zu allen Zeiten den Grundton menschlicher Emotionen darstellen.

„Nun, er war es, der unserer Zunge die Melodie geben sollte, die sie niemals verlieren sollte, dessen Sprache, unerschöpflich an Umfang, an Zartheit, Kraft und Ausmaß, jede Schattierung von Gedanken und Gefühlen annahm, sowohl von guten als auch von niedrigen, Wie der Himmel Schatten oder Schatten annimmt oder wie der Wald Sturm oder Ruhe annimmt, sollte für immer das Sinnbild des vielfältigen Lebens bleiben, im Gegensatz zu der affektierten Schwerkraft und der verknöcherten Scholastik, die wir so oft sehen – wurde durch keine Vertrautheit mit der Antike in Versuchung geführt Schreiben an jede formelle Rundheit oder den Manierismus eines Hochschulprofessors in der Diktion. Sein Publikum ist die Welt, und die Zahl nimmt mit dem Wachstum der Zivilisation zu – er bewegt heute eine breitere Schicht menschlicher Sympathie als jeder andere Mensch, der jemals gelebt hat, außer einem einzigen – und das hätte nicht passieren können, wenn er in diese enge Kammer namens a gegangen wäre Schule. Und doch hätten ihn keine vier Wände eines Colleges halten können, denn von allen Menschen wäre er am wenigsten geneigt gewesen, den dürftigen Glanz gelehrter Farbe dem Sonnenlicht des lebendigen Lächelns Gottes vorzuziehen. Wenn man darüber nachdenkt, wie sehr das Lernen dazu beigetragen hat, Genies zu verschleiern und den Fortschritt zu behindern, kann man ein Gefühl der Genugtuung bei dem Gedanken nicht unterdrücken, dass der größte Autor der gesamten Menschheit nicht gebildet war! Sein einziger Lehrer war die Natur, sein einziges Bedürfnis war Freiheit. Wer hat ihm das gegeben? – *eine Frau* !

„Nehmen Sie jetzt nicht an, dass ich kein Verständnis für Hochschulen habe, denn niemand kennt ihren Wert besser als ich; Aber es ist besser, für die

Ewigkeit zu bauen als für eine Regentenprüfung. Sie müssen sich auch daran erinnern, dass Shakespeare keinen Kreis von Bewunderern hatte. Gesund und mit ganzem Herzen kam es ihm nie in den Sinn, sich zu fragen, welchen genauen Platz er in der Welt der Briefe einnehmen würde. Er tat seine Arbeit für die Zustimmung eines einzigen, und sie freute sich, dass er zufrieden war.

„Keine Eifersucht, Streit oder Streit sehen Sie auf dieser glatten Stirn; kein Hass oder Angst vor ungerechter Rivalität. Er war der Monarch eines liebevollen, wahrhaftigen und vertrauensvollen Herzens. Was kümmerte ihn also der Beifall der Bevölkerung? Ein Prophet hat gesagt: „Oh, du verdorbener Circäischer Trank des Volksapplaus, dein Ende ist Wahnsinn und das Grab!" Dieses subtilste und tödlichste aller Gifte wurde nie in den Kelch Shakespeares eingemischt und kann auch nie in den Kelch eines Menschen gelangen, der nur für den Beifall ehrlicher Liebe arbeitet, die sich nicht verstellen kann. Für den Beifall der Bevölkerung zu arbeiten bedeutet, den Tod herbeizurufen; Um es zu gewinnen, muss man es auf die Spitze des Tempels tragen und auf die Steine darunter werfen.

„Wenn ein Mann sich für das Wohlwollen der Menge abmüht, wird so sicher wie das Schicksal die Zeit kommen, in der der Egoismus des Erwerbs Tag für Tag alle seine feineren Wahrnehmungen gefühllos macht, seine empfindlichen Gefühle tötet und seine Männlichkeit zerstört. Er wird der Natur nicht länger den Spiegel vorhalten; Der Lichtstrahl wird nicht länger durch das Prisma scheinen und die Schönheit des Regenbogens widerspiegeln – er ist undurchsichtig, tot; und der einzige Ton, den er von sich gibt, ist Ego, *Ego* , EGO.

„Muss ich Illustrationen geben? Schauen Sie sich von allen Seiten um. Wo im ganzen Reich der Bücher ist der Autor frei von diesem Makel! Aber ja, es gibt einige. In diesem Jahrhundert gab es einige, aber man kann sie an den Fingern einer Hand abzählen. Heldenverehrung ist doppelt verflucht. Es verwirrt den Helden zu phantastischem Irrtum und Extravaganz, und die Narren, die ihn anbeten, akzeptieren eine Zeit lang alles, was der Mann, den sie verdammt haben, ihnen vorlegt, und verkünden es als Wahrheit. Sie preisen seine Exzentrizitäten zu Vorbildern, seine Torheiten zu Tugenden. Somit wirkt die Heldenverehrung doppelt schädlich.

„Was ist das Heilmittel? Ist das Vergessen das einzig Gute? Ist tun, sterben? Wenn ich es erreiche, muss mein Leben dann so verlaufen wie das gewisser Insekten, die bei der Zeugung sterben? Weise Männer stellen diese Fragen immer wieder. Ich gebe dir die Antwort. Es ist Folgendes: *Mann und Frau wurden gemeinsam aus Eden vertrieben. Nur gemeinsam Hand in Hand können sie zurückkehren.*

„Die Liebe der Frau hat Shakespeare gerettet. Shakespeares Liebe rettete die Frau, obwohl die Welt sie noch nicht kennt. Er war sich seiner Macht nie bewusst, und wenn ihm gesagt worden wäre, dass sein Name, der größte literarische Name aller Zeiten, durch die Jahrhunderte donnern würde, wäre er vor Ungläubigkeit geschockt gewesen; Denn wenn ein Mann jemals erkennt oder sich einbildet, dass er ganz oben ist, wird ihm sofort schwindelig. Aber keine Angst, das Herz einer Frau kann ihn festhalten. Dualität existiert in der gesamten Natur. Ein Mann allein ist nur ein halber Mann – eine Frau allein ist nur eine halbe Frau. Der Mann und die Frau machen den perfekten Mann aus. Es gibt den männlichen Mann und den weiblichen Mann. Nur wenn diese beiden Halbgeister zusammenarbeiten, können sie Perfektion erreichen. Für jede Frau gibt es irgendwo auf der Erde oder im Geistigen Reich einen Partner, für jeden Mann gibt es seine andere Hälfte; und irgendwann in diesem oder einem anderen Leben werden sie sich treffen, und kein Priester oder Friedensrichter kann sich dem anschließen, was Gott nicht bestimmt hat. Aber wenn der richtige Mann die richtige Frau trifft und sie richtig leben, entsteht eine Atmosphäre, in die kein giftiger Luftzug eindringen kann. Diese beiden werden sagen: „ *Zwischen uns müssen für immer Ehrlichkeit und Wahrheit bestehen.* " „Dann wird jeder für die Anerkennung des anderen arbeiten; es wird keine Schmeichelei geben, denn es gibt Ehrlichkeit; Lob gibt es immer, wenn es verdient ist, aber kein überschwängliches Lob. Keiner wird den anderen übertreffen. Jeder kann bestimmte Dinge vielleicht besser als der andere, so dass es für immer eine freundschaftliche Rivalität geben wird. Die Tendenz, egoistisch zu werden, wird immer korrigiert, das Gift wird ständig neutralisiert, denn wie können Sie egoistisch sein, wenn Sie nur für die Anerkennung von jemandem arbeiten, der genauso viel zu Ihrer Arbeit beigetragen hat wie Sie? Es gibt immer ein Teilen jeder Freude, jedes erhabenen Gedankens, jedes Erwerbs; so wird das gewonnene Gute verschmolzen. Es gibt eine perfekte Vermischung. Es ist weder „mein" noch „dein", sondern „unser". Du kannst keine selbstsüchtige Befriedigung über deine eigene Leistung finden, wenn an deiner Seite ein anderer steht, der so großartig ist wie du selbst. Ihr seid sanft und bescheiden, und wenn ihr beide zusammenarbeitet, kommt ihr nicht umhin, eine höhere Macht zu erkennen, die größer ist als ihr, eine Quelle, zu der ihr aufschaut und die ihr immer sagt: „Nicht zu uns, nicht zu uns." Nur so kann Wachstum erreicht werden und nur so kann Vollkommenheit erreicht werden.

„ Natürlich weiß ich, dass manche Männer nicht so fähig sind wie manche Frauen; und dass manche Männer Frauen haben, die nur Echos sind; und dass es Männer gibt, die in ihrer Blindheit nichts anderes wollen – aber eine Frau, die ihrem Mann nur applaudieren kann, stellt ihm die Unwahrheit vor, und jeder zieht den anderen herunter. Denn wir brauchen nur den Applaus derer, die uns ebenbürtig sind, sonst werden sie es nicht erkennen, sondern applaudieren, nur weil wir es sagen. Sobald wir dann Blut geleckt haben, greifen wir zu Sophistik, Tricks und Tricks, wissend, dass wir täuschen können, um dieses tödliche Ding zu gewinnen, nach dem sich unsere krankhaften Seelen sehnen.

„Nun, ich weiß, dass die höchsten Sinnes- und Seelenfreuden aus der Liebe kommen, und leider sage ich es, dass fehlgeleitete, abgelenkte, vereitelte Liebe mehr Elend, Kummer, Krankheit und Tod verursacht als alle anderen Ursachen zusammen. Die Geburtswehen wurden als Strafe für falsch eingesetzte Liebe geschickt, und dieser schreckliche Fluch kann noch geheilt werden; Vielleicht nicht in diesem Leben, aber es wird kommen, denn Gott hat nicht vorgesehen, dass Leben geopfert wird, damit auch andere noch Leben haben."

Kapitel XVI.
SECHSTER SONNTAG – DER MANN FORTSETZT DIE WAHRE GESCHICHTE VON SHAKESPEARE.

„Am Abend nach dem, was ich bereits erzählt habe, erschien der junge Mann in dem kleinen roten Haus, in dem Lady Bowenni wohnte , und wurde an der Tür von Harriette, der Tochter, empfangen. Er war kein Diener und Fremder mehr, sondern ein Freund. Die Wangen der jungen Frau glühten, ihre Augen strahlten mit dem ganzen Eifer rastloser Zielstrebigkeit.

„Auf dem Tisch ausgebreitet lagen verschiedene seltsam gebundene Bücher und Broschüren, einige geschrieben und einige gedruckt; denn der Adlige war ein großer Sammler gewesen und hatte sich überall dort, wo literarische Schätze zu finden waren, das Beste gesichert. Der junge Mann war kühl, gelassen und hatte nicht die geringste Ahnung, wie das Werk aussehen würde oder wo es beginnen sollte.

„'Stellen Sie Ihren Stuhl an den Tisch da drüben, William, während ich auf der anderen Seite sitze. Schauen Sie mich jetzt direkt an („Ich kann nicht anders", sagte er ernst) und hören Sie genau zu, während ich die Geschichte erzähle, die ich aus drei alten Büchern habe – zwei davon wurden aus Spanien mitgebracht, eines aus Frankreich. Ich habe dies und das weggelassen und weggelassen und mehr eingefügt, hier eingefügt, dort eine Wahrheit verkündet, die ich Sie einmal sagen hörte. Lassen Sie uns nun die Handlung fest in unseren beiden Herzen verankern, und dann werden Sie es schreiben; denn du spielst mit Worten – sie sind deine Spielzeuge. Du strebst nicht danach, noch greifst du nach, noch zögerst du, suchst oder siehst dich um, aber sofort kommt dir der Gedanke, Worte, sanfte Worte kommen auf dich zu wie tausend Feen, jede in ihrer eigenen Ordnung, und führen ihren Partner ganz sanft an der Seite Hand. Denn gelehrte Männer mögen arbeiten, sich abmühen und schwitzen, aber sie erreichen niemals die Geschmeidigkeit, die Sie bringen, selbst ohne darüber nachzudenken. Nachlässig, William, du benimmst dich. Du kennst keine Regel, und doch könnte ich tausend Jahre studieren und könnte das Gefühl, das in mir brennt, nicht so ausdrücken; Aber als ich es dir einmal angedeutet habe, verwebst du den schönen Gedanken sofort zu einem fröhlichen Rosenkranz, und dann legst du ihn mir auf die Stirn und verkündest ernsthaft, dass er mir gehört, obwohl es nicht meins oder deins ist, sondern *unsers* .

„ So sprach dieses gewinnende Mädchen nach der Geschichte, die sie erzählt hatte, und nachdenklich saß der Mann und schien kein Wort zu hören, während sie weiter plauderte. Als er plötzlich erwachte und sagte:

„„Die Stifte, Mylady! Der Flügel eines Adlers, und dieser Geschichte, die du erzählt hast, sollen wir Flügel verleihen! Aber beachten Sie! Drei Geschichten hast du genommen und in zwei statt in eine verwoben. So soll es bleiben. Zwei Geschichten sollen wir erzählen, eine in der anderen gehalten." [2]

„Und sofort wurden Stifte und Papier gebracht und er schrieb – stetig und scheinbar ohne Gedanken an Form oder abgerundete Sätze, aber sicherlich ohne Unterbrechung – und während der Stift über das Pergament glitt und Seite für Seite umgeblättert wurde, ... Das schöne junge Mädchen ergriff und las gierig mit der Feder in der Hand, um eine, wenn auch geringfügige, Änderung vorzunehmen, und ihre Wangen brannten, und ab und zu seufzte sie und hob die Hände. Aber der junge Mann blickte nicht auf, sondern mit ruhigem Gesicht und ruhiger Hand ging die Arbeit weiter; und während er die Feder in seiner rechten Hand hielt, bewegte sich seine linke Hand, als wäre es ihm unbekannt, über den schmalen Tisch, und sie hielt sie sanft fest – und immer noch ging die Arbeit weiter. Noch ein paar Nächte – das Stück war fertig und wurde an die Jury geschickt. Sie lesen laut vor. Einige wunderten sich, andere schnupperten in der Luft, einer sagte: „Was für ein Blödsinn wird uns das denn geschickt?" Was für eine Torheit! und geschrieben von einem großen Bauerntrottel ! – Benutzen Sie es, um das Feuer anzuzünden. „Hier, Diener, bring den nächsten her, um diesen schrecklichen Geschmack schnell aus unserem Mund zu bekommen."

„Der junge Mann hörte den Satz, lächelte sanft und sagte zu sich selbst: ‚Oh Mann, stolzer Mann, gekleidet in eine kleine, kurze Autorität, vollbringt so fantastische Tricks vor dem Himmel, dass er Engel zum Weinen bringt!' Für mich selbst ist es mir egal, aber die Dame, deren Spiel es ist oder vor der Verbrennung war – Schande über sie! – wie kann ich es ihr sagen?" Und so wanderte er weiter und traf sich, aber wen? Warum, Harriette, die den jungen Mann weit und breit suchte, denn sie hatte die Nachricht gehört und war betrübt darüber, dass sie krank war, aus Angst, der Schlag könnte sich als zu schwer für den erweisen, dessen Stück es war. „Ich kümmere mich nicht um mich selbst", sagte sie; „Aber wie – wie kann ich es ihm sagen?" Sie trafen sich – jeder las dem anderen genau in die Augen, was er sagen würde. Beide lächelten und gingen weg."

Kapitel XVII.
DIESE ZWEI.

„Die Enttäuschung über die harsche Ablehnung dieses ersten Stücks von William Shakespeare und Harriette Bowenni war nicht groß. Jeder hatte eine mehr als verständliche Erfahrung mit Kummer, und Ärger ist sowieso nur vergleichsweise; Daher betrachteten sie die Angelegenheit eher als etwas Erwartetes, als einen amüsanten Umstand. *Sie wussten, dass das Stück besser war als das angenommene* , und das war genug. „Ist William Shakespeare nicht genauso großartig, als *stünde sein Name* auf der Werbetafel?" sagte die Dame. Ein weiterer Grund, warum sie die Sache auf die leichte Schulter nahmen, war, dass jeder dem anderen sein Schicksal ins Gesicht sah, und solange keine Trennung droht, lacht die Liebe nicht nur über Schlosser, sondern über alles Unglück. Es hatte noch nie eine peinliche Liebesszene zwischen ihnen gegeben, keine formelle Erklärung. Während er an diesem ersten Abend schrieb, streckte der junge Mann unbewusst seine Hand nach dem Mädchen aus. Sie nahm es und hielt es liebevoll zwischen sich. Als sie sich trennten, beugte er sich vor und ihre Lippen trafen sich.

„Als sie das nächste Mal die Straße entlang gingen, sagte er unter anderem: ,Ich liebe dich, Liebes.' Die junge Frau machte keine Anstalten, überrascht zu sein, aber als sie ihm am nächsten Tag schrieb (seltsam, wie Verliebte so oft einen Vorwand finden, zu schreiben!), gab es Ausdrücke der Zärtlichkeit, die alle ohne Entschuldigung eingefügt wurden. Kein Werben – kein Versuch, zu gewinnen – keine affektierte Schüchternheit. Sie liebten, und wahre Liebe brauchte sich nicht zu schämen, denn sie ist Gottes Geschenk und wird nur den Würdigen gegeben.

„Jeden Tag schrieb sie einen Brief an ihren Geliebten – jeden Tag schrieb er ihr. Diese Botschaften waren oft in Versform gehalten und ein Teil davon ist in den einhundertvierundfünfzig Sonetten Shakespeares überliefert. Es ist zu bemerken, dass diese Sonette keine besondere Beziehung zueinander haben. Es ist zu erkennen, dass ein Teil davon von einer Frau an ihren Geliebten geschrieben wurde. Daneben gibt es noch andere, die von einem Mann geschrieben wurden. Sie werden bemerken, dass die Frau in den von ihr geschriebenen Texten den jungen Mann bittet, zu heiraten, und ihr großes Bedauern und ihre Überraschung zum Ausdruck bringt, dass er sie nicht heiraten wird, obwohl er sie sehr liebt.

„Diese Sonette wurden erstmals 1609 veröffentlicht und waren gewidmet …"

„' *An Herrn WH, ihren einzigen Erzeuger.* '

„Das W steht für William, das H für Harriette. Das Präfix von „Mr." ist eine bloße Laune (etwas, dessen sich alle Liebenden schuldig machen, das wir aber immer bereit sind zu verzeihen), einfach um die Welt zu mystifizieren. Die ersten 26 dieser Sonette wurden von Harriette in den Jahren 1585 und 1586 geschrieben, bevor sie wusste, dass Shakespeare bereits verheiratet war; und die Verwirrung über ihre Unkenntnis der wahren Fakten seines Lebens kann man sich vorstellen.

„Lange Jahre, nachdem diese Briefe geschrieben worden waren, verwandelte Shakespeare diejenigen, die noch nicht in Reimform waren, zu seinem und ihrem Vergnügen in Verse, und nun, da sie sich perfekt kennengelernt hatten und die Einheit vollständig war, hatten sie viel zu lachen ihre jugendlichen Prüfungen. Jeder, der die Sonette „ *Venus und Adonis* und der *leidenschaftliche Pilger*" liest und sie im Lichte dessen, was ich jetzt erzähle, sorgfältig liest, wird eine klare Vorstellung von den Beziehungen zwischen Shakespeare und dieser schönen und gebildeten jungen Frau in den ersten Jahren bekommen. Ich versuche nicht, den Stil oder den Wortlaut dieser Gedichte zu verteidigen. Sie sind in all dem heißen, ruhelosen Verlangen der Jugend geschrieben, wo das Fleisch nicht von der Seele beherrscht wird – wo das Irdische noch nicht in das Geistige umgewandelt ist.

„Sagte ‚seltener Ben Jonson' – , Ich liebte den Mann und verehre sein Andenken auf dieser Seite des Götzendienstes genauso sehr wie jedes andere!' Er war ehrlich und von offener und freier Natur, hatte eine ausgezeichnete Fantasie, mutige Ansichten und einen ausgezeichneten Ausdruck, wobei er sich mit solcher Leichtigkeit bewegte, dass es manchmal notwendig war, ihn aufzuhalten. Sein Witz lag in seiner eigenen Macht – wenn die Herrschaft darüber auch so gewesen wäre! aber er hat seine Laster mit seinen Tugenden getilgt. In ihm gab es immer mehr zu loben als zu verzeihen. Die Schauspieler haben es oft als eine Ehre für Shakespeare erwähnt, dass er in seinen Schriften, egal was er schrieb, nie eine Zeile auslöschte. Meine Antwort war: Hätte er tausend ausgelöscht?

„Also mit Ben Jonson sage ich: Oh, wenn diese beiden tausend Zeilen ungeschrieben gelassen hätten! – aber wer soll dem Genie diktieren?

„Als Shakespeare Stratford verließ , versuchte er, die letztjährige Wohnung zu verlassen, um in die neue Wohnung zu ziehen – um den glänzenden Torbogen zu stehlen – und die ungenutzte Tür zu verschließen. Die Vergangenheit war für ihn tot. Er drückte es nicht an sein Herz, trauerte darüber und versuchte nicht, es wieder zum Leben zu erwecken. Er sagte: „An die Vergangenheit können wir uns nicht erinnern, die Zukunft können wir nicht erreichen, nur die Gegenwart gehört uns." Ohne den Versuch zu verheimlichen, aber auch ohne seine Geschichte preiszugeben, sagte er zu Harriette Bowenni :

‚„Dass ich dich liebe, das weißt du; dass ich den Wunsch habe, dich zu heiraten, kannst du dir vorstellen; und dass ich es nicht kann, ist nur eine Tatsache. Warum sollte ich nun mehr sprechen? Du legst deine Arme um meinen Hals und schwörst in hübschen Versen deinen Glauben, und dann widersprichst du diesem Glauben, indem du immer noch fragst: „ *Warum* ? “ NEIN! Wenn ich sage, dass es nicht das Beste ist, ist das dann nicht *genug* ?

„Im Sonett Nummer zwanzig wird das Auftreten Shakespeares zu dieser Zeit beschrieben. Ein Schriftsteller sagt: „Er hat das Gesicht einer Dame und kaum einen Bart.“

„Harriette forderte den Jugendlichen auf, seine schäbige Unterkunft zu verlassen, sie zu heiraten und bei ihr und ihrer Mutter zu wohnen; und in *Venus und Adonis* hören wir von der Zahl edler Liebhaber, die ihre Hand gesucht hatten, und doch flehte sie William fast auf den Knien an, sie zu heiraten. Im Geiste fröhlicher Verspottung dieser Werbung seitens Harriette schrieb er das Gedicht von *Venus und Adonis* und präsentierte es ihr. In diesem Gedicht wird Ihnen auffallen, dass er sich selbst als kalt und gefühllos darstellt, obwohl er in Wirklichkeit genauso heiratswillig war wie sie; Aber die Scheidungsgesetze Englands waren damals sehr streng, so dass nur die Reichen oder Einflussreichen eine Scheidung überhaupt durchsetzen konnten.

„Shakespeare hätte diesem Mädchen gegenüber offen sein und ihr sofort seine Geschichte erzählen sollen, aber er tat dies erst über ein Jahr nach ihrer ersten Bekanntschaft. Sie können sich die Überraschung von Mutter und Tochter gut vorstellen, als er eines Abends sagte: „Komm, du wirst meine Geschichte erfahren.“ „Nun, ich werde es noch einmal durchgehen, sogar von meiner Kindheit an, bis zu dem Moment, als du mir befohlen hast, es zu erzählen “, und so erzählte er von Kindheit an bis zu dem Zeitpunkt, als er einen letzten Blick auf das kleine Dorf warf und sein Gesicht darauf richtete London. Als die Geschichte fertig war, seufzte sie laut für seine Schmerzen. Sie schwor im Glauben: „Es war seltsam, es war vorübergehend seltsam, es war erbärmlich, es war wunderbar erbärmlich!“ sie wünschte, sie hätte es nicht gehört. Dennoch wünschte sie, der Himmel hätte sie zu einem solchen Mann gemacht. Sie dankte ihm und bat ihn, wenn er einen Freund hätte, der sie liebte , er solle ihm beibringen, wie man die Geschichte erzählt, und das würde sie umwerben. Auf diesen Hinweis hin sprach er :

‚„Jetzt wissen Sie ganz genau, warum ich Sie nach englischem Recht nicht heirate – und doch hat der Himmel es so beschlossen. Du bist mein rechtmäßiger Gefährte; und hier und jetzt, in der heiligen Gegenwart derer, die dich hervorgebracht hat, erkläre ich, dass du von nun an meine wahre und einzige Frau sein wirst.‘

„Madame Bowenni war großzügig, sanft und gut, eine Frau von höchster Seltenheit und Unterscheidungskraft, großartig und liebevoll. Die Jahre hatten das große und zarte Herz weder verdorben noch verdorben. Sie wusste, dass es für ihre Tochter nicht die tausendste Sünde wäre, William Shakespeare ohne die Zustimmung des englischen Gesetzes zum Ehemann zu akzeptieren, als wenn sie einen Mann heiraten würde, den sie nicht liebte, auch wenn der Mann gut und edel sein mochte. So nahm Shakespeare seinen Wohnsitz bei dieser schönen Dame und war ihr ein treuer und treuer Ehemann, und sie war eine liebevolle und treue Ehefrau, bis der Tod sie von hierher rief.

„Harriette Bowenni starb im Jahr 1614 und hinterließ ein Kind, Shakespeares einzigen Sohn. Anne Hathaway war einige Jahre zuvor gestorben, und man muss sagen, dass Shakespeare ihr von Zeit zu Zeit reichlich Geld schenkte und dass sie an seinem Wohlstand teilhatte. Es ist sehr zu bedauern, dass Harriette vor ihrem Geliebten starb, sonst hätte sie als seine literarische Nachlassverwalterin fungiert und seine Schriften in ordnungsgemäßer Form gesammelt. Tatsächlich wurde diese Arbeit von Leuten durchgeführt, die dafür völlig ungeeignet waren, und seine Papiere wurden sieben Jahre nach seinem Tod aus vielen Quellen zusammengetragen; und heute existiert kein einziger Fetzen seines Manuskripts, außer den Briefen, die ich besitze, und dem Tagebuch von Harriette Bowenni , in dem sich verschiedene Einträge von Shakespeare befinden. Alle diese Briefe und das Tagebuch werden Sie sehen.

„Von seiner Trauer über den Tod von Harriette hat sich Shakespeare nie erholt. Er verließ London, den Schauplatz seines großen Erfolgs, und kehrte gesundheitlich und geistig gebrochen in das Haus seiner Kindheit zurück. Stadtmenschen, die einst Landjungen waren, freuen sich immer auf das hohe Alter, wenn sie wieder in die Heimat ihrer Kindheit zurückkehren können. In weniger als zwei kurzen Jahren trugen diese einfachen Dorfbewohner den abgenutzten Körper des mächtigsten Denkers, den die Welt je gekannt hat, zu seiner letzten Ruhestätte .

Bowenni zur Frau nahm , begannen sie sofort ernsthaft mit ihrem Lebenswerk. Frauen wurden damals in literarischen Werken nie anerkannt und traten auch nie auf der Bühne auf, ihre Rollen wurden von Jungen übernommen. Harriette kannte die englische Geschichte wahrscheinlich besser als jeder andere Mann in England zu dieser Zeit, da sie sie mehrere Jahre lang bei ihrem Vater studiert und sie für den Adligen aufgeschrieben hatte. Die ersten erfolgreichen Stücke Shakespeares waren diejenigen der englischen Geschichte. Dann folgten Tragödie und Komödie in schneller und überraschender Folge. Es ist eindeutig bekannt, dass 37 Stücke von Shakespeare stammen und alle innerhalb von 26 Jahren geschrieben wurden. Es gibt kaum eine Wiederholung der Handlung oder des Plans, alles schreitet in der unvergleichlichen und edlen Diktion voran, die kein anderer Schriftsteller besitzt. Die Quelle fast aller Handlungsstränge ist gut zurückverfolgt. Viele der Stücke sind Kombinationen aus zwei oder drei anderen. In mehreren Fällen wird die Geschichte schlicht und einfach von anderen Autoren übernommen und der Dialog verändert, modifiziert, eingefügt, als ob es notwendig wäre, das Stück zu einem bestimmten Zeitpunkt herauszubringen; Dennoch wird die Arbeit immer edel ausgeführt, obwohl viele der Stücke sehr deutlich die Arbeit zweier Personen zeigen.

„In jedem dieser siebenunddreißig Stücke arbeiteten William Shakespeare und Harriette Bowenni Seite an Seite, sie lieferte die Handlung und den historischen Zusammenhang und er die Sprache. Die Philosophie und das Nebenspiel wurden dazwischen erarbeitet.

„Shakespeares Vorstellung von Weiblichkeit ist höher als die jedes anderen Dramatikers, selbst der modernen Zeit. Im Allgemeinen finden wir, dass die Heiligen und Sünder ziemlich gleichmäßig zwischen den Geschlechtern verteilt sind. Nicht so beim Meister! Seine Frauen sind weise, sanft und gut. Schauen Sie sich Portia, Rosalind, Cecelia, Viola, Jessica und andere an. Die Figur der Lady Macbeth wurde von Harriette allein ausgearbeitet, wie ich Ihnen in ihrem Tagebuch zeigen werde, in dem sie dagegen protestiert, dass William ständig Vorzüge im weiblichen Geschlecht analysiert, und sie um Erlaubnis bittet, Lady Macbeth selbst alleine darzustellen.

„Jeder war ständig auf der Suche nach Metaphern, Übertreibungen, Figuren, Metaphern, Philosophien oder poetischen Ausdrucksformen. Nichts entging – jeder Gedanke und jede Fantasie, die die Liebe hervorbringen konnte, war darin verwoben. Keiner von beiden ging in die Gesellschaft, und die Tatsache, dass Shakespeare diese Frau nicht als seine Frau darstellen konnte, war eher ein Vorteil als ein anderer. Sie hatten keine Freunde außer Büchern und ließen sich daher nicht von alltäglichen Beziehungen, unwissenden oder eitlen Menschen ablenken, ablenken oder herunterziehen. Mit Menschen zusammen zu sein bedeutete, ihre Beziehung zum Ganzen zu verlieren. Sie waren nur Zuschauer in Venedig – die Welt kannte sie nicht. Dies erklärt vollständig den völligen Mangel an Wissen, den wir über Shakespeares Leben besitzen. Es wurde behauptet, dass Shakespeare dem Club angehörte, dem Sir Walter Raleigh, Jonson, Beaumont, Fletcher, Donne, Selden und andere angehörten, die sich in der Mermaid Tavern trafen, aber es gibt keinerlei Beweise dafür, dass er jemals an diesen Treffen teilgenommen hat. Wie ein solcher Mann mit einem solchen Geist lebte und dennoch nicht bekannt war, hat die Menschheit in Erstaunen versetzt; und es ist nicht verwunderlich, dass viele jetzt daran zweifeln, dass er überhaupt jemals geschrieben hat, und sehr plausibel beweisen (oder glauben, dass sie es tun), dass dieser ungebildete, ungereiste und ungebildete Mann Shakespeare nicht geschrieben haben konnte (markieren Sie sich die Worte) . Es ist nicht verwunderlich, dass sie sich nach dem gelehrtesten Mann seiner Zeit umsehen und Lord Bacon auswählen, ohne zu wissen, dass sechs Lords Bacon, die alle zu einem verschmolzen sind, niemals (merken Sie sich meine Worte) mit der Arbeit eines *großen* Mannes *mithalten* können und eine große Frau, die alle Gesellschaft außer sich selbst abgewiesen und alle Frivolität verbannt hat, hat es sich zur Aufgabe gemacht (wenn man das überhaupt Aufgabe nennen kann), einzig und allein diesem Alchemisten zu helfen, der einzigen, der unedles Material in Gutes umwandeln kann – *Liebe* , unsterbliche *Liebe* . Liebe ist kreativ. Es ist die einzige Quelle aller Schöpfung!"

Ich hatte die Worte des Mannes mit einer Geschwindigkeit von hundert Wörtern pro Minute aufgenommen. Plötzlich kamen sie immer schneller. Ich konnte kaum mithalten. Zum ersten Mal sah ich, dass der Mann die Fassung verloren hatte. Ich habe nachgeschlagen. Die Tränen liefen ihm über die Wangen. Er stand von seinem Platz auf, hielt inne, hob die Hände und rief:

„Diese Frau, Harriette Bowenni ; Sie war meine Mutter!!"

Kapitel XVIII.
SIEBTER SONNTAG . – DAS GEHEIMNIS DES ERFOLGS.

Ich begann das Gespräch mit einem Protest dagegen, den Erfolg von Shakespeare so ausschließlich dem Einfluss von Frauen zuzuschreiben, denn „aus Linde kann man keine Statue machen", sagte ich.

„Ja, Sie haben Recht", antwortete der Mann, „aber Sie müssen bedenken, dass Shakespeare die Liebe dieser großartigen Frau gewonnen und damit seine Fähigkeit und Fähigkeit zum Erfolg unter Beweis gestellt hat." Wir sind erfolgreich durch die Mittel, das heißt durch die Hilfe anderer. Jetzt nimm deinen Bleistift und dein Papier und schreibe auf, was ich spreche –

„Das Wort Erfolg hat für zwei Menschen kaum die gleiche Bedeutung, und ich werde jetzt keinen Versuch einer pädagogischen Definition des Wortes unternehmen, sondern lediglich eine Tatsachenfeststellung, die von keinem denkenden Menschen bestritten wird.

„Es gibt bestimmte Bedingungen, die wir bei Männern sehen, die das Gegenteil von Erfolg sind, und darüber sind wir uns alle einig. Daher ist es möglicherweise einfacher zu sagen, was Erfolg nicht ist, als was er ist.

„Wenn wir eine Person sehen, deren Gesicht von Furchtfalten durchzogen ist und die jedem Passanten beweist, dass der Träger dieses Gesichtsausdrucks nervös, ängstlich, unruhig ist und schnell die Fähigkeit verliert, die schönen Dinge des Lebens zu genießen, können wir diese Person nicht anrufen." erfolgreich, obwohl er Millionär ist. Dennoch finden wir Männer, von denen wir wissen, dass sie keine hundert Dollar wert sind, deren Gesichter jedoch von der Gesundheit strahlen, die nur ein richtiges Leben mit sich bringt. Ihre gesamte Körperhaltung verrät, dass sie im Einklang mit der Harmonie des Universums stehen. Sie sind erfolgreich.

„Die Welt ist so reich, dass der Mensch sie nicht berechnen kann. Wir fangen gerade erst an, die Räder des Handels mit einer Antriebskraft zu drehen, deren ungeheures Ausmaß grenzenlos scheint und die wir immer wieder nutzen, ohne ihre Substanz zu zerstören. Die materiellen Dinge, die das Leben angenehm machen, sind in ihrem Ausmaß ebenso grenzenlos wie der Sauerstoff, der die Verbrennung ermöglicht, die wir Leben nennen. Denken Sie denn einen Moment lang, dass die Höchste Intelligenz, die das Leben ins Leben gerufen hat, zu viel von diesem und nur halb genug von jenem machen würde, so dass die Menschen viel Luft zum Atmen und viel Wasser zum Trinken hätten, aber nur halb genug Nahrung? oder Kleidung?

„Nein, die Welt ist reich – überaus reich, aber leider! Männer sind arm.

„Ein Mensch bekommt viele Dinge mehr, als er nutzen kann, und macht sich arm, das heißt erfolglos, durch den vergeblichen Versuch, das zu behalten, was ihm eigentlich nicht gehört." Er greift mehr auf die materielle Welt zurück, als er braucht, schafft es aber nicht, den reinen Sauerstoff des Lebens aus der Welt des Geistes aufzunehmen, um die Verdauung zu unterstützen. Er ist wie ein Mann, der doppelt so viel gegessen hat, wie er verdauen kann, er ist voller Angst und Misstrauen und sein Leben ist ein Misserfolg. Er ist kein Erfolg.

„Und wir sehen Männer, die großartig und von guter Seele sind, deren Körper nicht richtig ernährt sind und die vor Kälte zittern. Das ist kein Erfolg.

„In der Armut liegt keine Tugend. Auf Dinge zu verzichten, die wir nicht brauchen, ist sowohl männlich als auch richtig (denn das Richtige zu tun ist männlich), uns aber der Gaben und Segnungen zu berauben, die uns gegeben wurden, bedeutet nicht nur, dass es an gesundem Menschenverstand mangelt, sondern daran ist, sich einer Sünde schuldig zu machen.

„ Wir sagen also , dass der erfolglose Mensch derjenige ist, der sich nicht alles *zunutze macht* , was sein Wesen für sein Wachstum und seinen Fortschritt braucht."

„Ich habe davon gesprochen, dass die reine Luft, die wir atmen sollten, in unbegrenzten Mengen zugeführt wird, aber jeder Arzt weiß, dass die häufigste Krankheitsursache das Einatmen einer schlechten Atmosphäre ist. Man feuert bewusst den Kohleofen an, schließt die Zugluft, damit das Gift nicht in den Schornstein entweichen kann, schließt die Fenster und betet für süßen, erholsamen Schlaf. Dies geschieht sowohl im Freien als auch in der überfüllten Stadt. Heute Morgen bei Tageslicht, gerade als die Sommersonne hinter den fernen Hügeln hervorkam, ging ich durch das schlafende Dorf und bemerkte, dass in fast jedem Haus die Fenster fest geschlossen waren, die Jalousien geschlossen waren und natürlich auch die Türen verschlossen, um Einbrecher fernzuhalten, vergessend, dass der Mörder, der ihr Leben wollte, bereits im Haus war.

„Die Reichen in den Städten fahren in geschlossenen Kutschen und atmen immer wieder die gleiche Luft. Sie sind blass, gelb und mutlos. Der Kutscher fährt rötlich und voller Leben nach draußen.

„Tausende und Abertausende sterben jedes Jahr an Schwindsucht, einer Krankheit, die ausschließlich auf falsches Atmen zurückzuführen ist. Wenn wir nur einen Teil der Lunge nutzen, kollabieren die restlichen Zellen, zerfallen und wir sterben – sterben durch Armut – sterben, weil wir nicht genug von dem nutzen, was so reichlich vorhanden ist. Und doch ist die Luft frei, aber ob aus Unwissenheit oder Unfähigkeit (und Unwissenheit ist

Unfähigkeit), wir sterben, denn die Natur nimmt keinen Rücksicht auf den Einzelnen. Sie müssen sich an ihre Regeln halten oder unter Nichteinhaltung leiden. „Hier sind diese guten Dinge", sagt sie, „nutzen Sie sie frei." und wenn wir nicht wissen, wie wir sie nutzen sollen , leiden wir genauso sicher, als ob wir absichtlich rebellieren und wissentlich sagen würden: „Wir werden sie nicht nutzen."

„ Wenn Sie mich also bitten, Erfolg zu definieren, sage ich, dass derjenige erfolgreich ist, der das nutzt, was sein Wohlbefinden für seine beste Entwicklung benötigt. Scheitern bedeutet, nicht das zu nutzen, was Ihr körperliches, geistiges und moralisches Wohlbefinden erfordert. Ob Sie scheitern, weil Sie Ihre Bedürfnisse nicht kennen oder nicht in der Lage sind, sie zu erfüllen, macht keinen Unterschied.

„ Daher könnte man wahrheitsgemäß sagen, dass kein Leben ein vollständiger Erfolg ist, denn kein Mensch ergreift die Kräfte des Universums und nutzt sie in vollem Umfang aus. Es gibt also alle Erfolgsgrade. Jetzt schlage ich vor, ein paar klare und einfache Regeln zu geben, um sich selbst das zu sichern, was Ihr Körper und Ihre Seele verlangen, und wenn ich vom „Sein" eines Menschen spreche, meine ich immer Körper und Seele – das eine nicht weniger als das andere, denn es gibt keine Seele wäre kein Körper – der Körper ist hier das Instrument der Seele. Und darüber hinaus meine ich *weltlichen Erfolg* , denn die Welt ist nur die sinnliche Manifestation des Geistes. Man kann Geist nicht von Materie trennen – Materie von Intelligenz.

„Einer der schlimmsten Fehler, die der Mensch in der Vergangenheit gemacht hat, war der Versuch, die Dinge in zwei Teile zu trennen – den ‚Heiligen' und den ‚Weltlichen'." Alle Dinge sind heilig. Es gibt nichts über dem Natürlichen. Es kann kein „Übernatürliches" geben, ohne dass wir sagen, dass das Übernatürliche natürlich ist, was tatsächlich die Wahrheit ist.

„Die sich drehenden Sterne, die große Sonne, die unseren Planeten in Leben und Licht erwärmt, jede Manifestation der Schönheit, die wir sehen, der Mensch selbst mit seinen Bestrebungen, seinen Sehnsüchten und seinen unbekannten Möglichkeiten, sind *natürlich* . Das Natürliche ist das Alles in allem.

„Wir sind hier, um zu wachsen und von der Welt zu leben. Hier einen Erfolg zu erzielen bedeutet, einen weltlichen Erfolg zu erzielen; und der höchste Ehrgeiz, den ein Mensch haben kann, ist der Erfolg, und der einzige Erfolg, den man hier erreichen kann, ist ein weltlicher Erfolg.

„Erfolg ist das Ergebnis richtigen Denkens. „Wie ein Mann denkt, so ist er", und was mich am meisten ermutigt, ist der Gedanke, dass ein riesiges Gehirn und ein mächtiger Verstand überhaupt nicht notwendig sind, um erfolgreich zu sein. Das Geheimnis ist einfach und der Wanderer kann es genauso gut verstehen wie der Prinz. Wenn Sie ein paar einfache Regeln befolgen, sind Sie in der Mehrheit, denn die ganze Natur ist auf Ihrer Seite und arbeitet in Ihrem Namen. Was brauchen Sie von einflussreichen Freunden? Und doch wird die Art des Denkens, die ich gleich beschreiben werde, die Edlen und Mächtigen auf Ihre Seite bringen. Sie werden deine Bekanntschaft suchen, sie werden deine Freunde sein und es wird ihnen eine Freude sein, dir zu helfen, denn auf diese Weise hilft die Natur ihren Kindern, indem sie die Liebe guter Menschen sendet. Tag und Nacht denkt dein Geist. Hören Sie jetzt für fünf Minuten auf zu denken und sagen Sie mir, was Sie gedacht haben. Nein, du kannst nicht aufhören. Sie können sich vielleicht nicht erinnern, was Sie im Schlaf gedacht haben, aber Sie haben trotzdem gedacht. Aber während Sie nicht aufhören können zu denken, können Sie den Gedanken lenken. Sie können seine Tendenz kontrollieren, und im Laufe der Zeit (auch nicht lange) werden Sie nur gute Gedanken denken – Gedanken, die Ihnen Erfolg sichern und allen helfen, mit denen Sie in Kontakt kommen.

„Der Erfolg jedes Unterfangens beruht auf der richtigen mentalen Einstellung. Aber Ihr Ehrgeiz muss würdig und richtig sein, sonst kann es keinen Erfolg geben. So etwas wie einen erfolgreichen Einbrecher kann es nicht geben, denn die falsche Tat führt zu einer Reaktion, die Schwäche, Niederlage und Schande ist – das Ende kann um einen Tag hinausgezögert werden, aber das Ergebnis ist nicht weniger sicher; während die Reaktion auf eine gute Tat dem Menschen eine gesteigerte Selbstachtung und eine Kraft zum Guten verleiht, und dies ist seine Belohnung.

„Ich werde nicht versuchen, einen Plan für den Erfolg im Geschäftsleben, einen anderen für den Erfolg in der religiösen Arbeit und ein anderes Regelwerk für den wissenschaftlichen Erfolg aufzustellen. Wir können das Leben nicht in Teile aufteilen, denn in einem Geschäft, das nicht richtig ist, kann es keinen Erfolg geben, aber wenn Ihr Geschäft ehrenhaft ist , bietet es Ihnen eine hervorragende Gelegenheit, spirituelle und geistige Fortschritte zu machen. Sie können sich nicht vorstellen, dass ein aufrichtiger Anhänger der Wahrheit in ein schlechtes Geschäft verwickelt ist, und der persönliche Kontakt, den ein Beruf oder ein Geschäft einem Mann mit anderen Menschen ermöglicht, gibt ihm die Gelegenheit, sein Licht leuchten zu lassen.

„Die erste Voraussetzung für den Erfolg ist, zu wissen, was man sich wünscht. Unklare, unsichere Hoffnungen und sich ändernde Wünsche bringen ungewisse Ergebnisse mit sich. Der Grund dafür, dass wir so viel von Glück und Zufall im Leben hören, ist das Fehlen klarer Ideale. Sie müssen in Ihrem eigenen Kopf herausfinden, was Sie erreichen möchten. Sind Sie Verkäufer in einem großen Geschäft und sehen Sie sich in Zukunft immer als Verkäufer, dann werden Sie es auch immer bleiben. Angenommen, Sie sehen sich andererseits in Ihrer Fantasie als Leiter des Establishments und behalten dies ständig im Hinterkopf, während Sie Tag für Tag in Ihrer niedrigen Position arbeiten. Genau dieser Gedanke bringt Sie Ihrem Ideal näher. Sie werden ein Gespür für das Geschäft haben, den Wunsch haben, Ihnen zu gefallen, und das Wohlergehen des Unternehmens wird Ihnen ständig vor Augen stehen. Sie werden immer pünktlich sein, und wenn es zusätzliche Arbeit gibt , bleiben Sie etwas länger und denken nie daran, zu fragen, ob Sie für die Überstunden bezahlt werden sollen.

„Diese fröhliche und aufmerksame Art wird Ihnen mit Sicherheit eine Beförderung bescheren, und zwar sogar über die Köpfe älterer Mitarbeiter hinaus." Wenn ein Vorarbeiter für die Leitung einer Abteilung gesucht wird, werden Sie ausgewählt – kein Fehler, es kann nicht anders sein. Das Ideal, das Sie im Kopf haben, kommt mit Sicherheit auf Sie zu. Der Wirbel der Zeit, der ständig das Beste aussiebt, sortiert und an die Spitze bringt, ist ein spirituelles Gesetz, so stark wie das Schicksal – tatsächlich ist es Schicksal – und Sie werden der Leiter dieses Establishments und ein reicher Mann sein .

„Wir sagen nicht, dass die Hauptziele der Arbeit darin bestehen, der Chef eines großen Unternehmens zu sein und reich zu sein, aber soweit man diese Dinge schätzt, kann man sie nur auf die von mir erwähnte Weise sichern.

„Wenn Sie ein Landschullehrer sind, ein kleines Gehalt haben und nie damit rechnen, dass Sie zum Unterrichten an einer höheren Schule eingeladen werden, werden Sie das nie tun. Wenn Ihr Ziel jedoch darin besteht, Rektor einer Hochschule zu werden, können Sie diese Position erreichen. Sie werden die pädagogischen Fachzeitschriften lesen und alle großen Lehrer kennen lernen, die heute leben, und alle, die es schon einmal gegeben haben. Ihre Namen und ihr Leben werden Ihnen bekannt sein. Sie werden über die Tugenden von Roger Ascham nachdenken und Arnold von Rugby wird Ihr Freund sein. Sie werden die Lehrerseminare besuchen und mitmachen und den Leiter durch Ihr Mitgefühl ermutigen. Sie werden alle guten Lehrer in der Nachbarschaft an Ihre Seite ziehen und bald mit den führenden Pädagogen des Landes in Kontakt stehen, und Ihre Beförderung ist Ihnen wie ein Sonnenaufgang gewiss. Sobald Sie durch das Festhalten am Ideal würdig gemacht werden, werden Sie höher berufen. Aber nehmen Sie an, Sie versuchen, durch Duldung und Drahtzieherei eine Beförderung zu erreichen, dann ist Ihre Niederlage sicher. Man muss würdig sein und bereit sein, die Einladung umgehend anzunehmen, und sie wird kommen.

„Die Notwendigkeit dieser Klarheit des Ideals, die eine ruhige, sichere Haltung mit sich bringt, ist in den Berufen des Rechts und der Heilung vielleicht ausgeprägter als anderswo."

„Wir fangen gerade erst an, die Tatsache zu schätzen, dass der gute Arzt durch seine Anwesenheit mehr heilt als durch seine Zaubertränke. Ein Arzt, der glaubt, dass der Mensch nach dem Bild seines Schöpfers geschaffen ist und dass sein Körper die Wohnstätte eines unsterblichen Geistes ist, hat immer ein höchst erhabenes Ideal vor Augen. Sich in die Atmosphäre eines solchen Menschen zu begeben, der rein körperlich und rein im Herzen ist, bedeutet, bis zu einem gewissen Grad seine geistigen Qualitäten zu absorbieren, die eine kraftvolle Kraft sind, die auf den Körper einwirkt und für die Gesundheit sorgt. Er erfüllt den Patienten mit Hoffnung und Glauben, zerstreut Ängste, beruhigt den Geist der Unordnung und lässt die *vis medicatrix natura* wirken. Ein Arzt dieser Art glaubt an seine Fähigkeit zum Erfolg – und das tut er auch. Der Anwalt, der die Gegenseite fürchtet, an seinem Fall zweifelt und glaubt, der Richter sei parteiisch, hat seine Sache bereits verloren. Aber wenn er glaubt, dass sein Mandant unschuldig ist und dass die Jury ihn freisprechen wird, wenn sie dazu gebracht werden können, den wahren Sachverhalt zu erkennen, bringt er Richter und Geschworene zu dieser Denkweise und erhält das Urteil, das er verlangt.

„Um die Leute dazu zu bringen, gegen dich zu arbeiten und die Welt in Opposition zu bringen, denke einfach daran, dass du Pech und Pech hast und dass dich niemand wertschätzt, und dann ist die Welt tatsächlich unter dir. Du verwirklichst das, was du fürchtest. Aber was wir wollen, sind Männer, die positiv sind, ohne kämpferisch zu sein; Männer, die fröhlich, aber nicht leichtfertig sind. Das sind die erfolgreichen Männer, und wohin sie auch gehen, bringen sie Hilfe, Gesundheit und Heilung mit sich.

„Die zweite Voraussetzung für den Erfolg ist, dass Sie Ihre Gedanken in einer positiven und nicht in einer negativen Stimmung halten.

„Halte Ausschau nach dem Guten, und es wird zu dir kommen. Vermeiden Sie Verneinungen. Vermeiden Sie Kontroversen. Religiöse (?) Streitigkeiten haben der Sache der Wahrheit tausendmal mehr geschadet als allen Ungläubigen und Barbaren, denn Kontroversen regen Gedanken und Gefühle an, die niemals entfacht werden sollten und die eine Reaktion in Form von Misstrauen, Eifersucht, Streit und Hass. Die Ausübung solch hasserfüllter Gefühle stört die innere Balance und lädt zum Scheitern ein. Wenn ein Mann in Ihrer Gegenwart falsche Gedanken äußert, seien Sie nicht so eitel und glauben Sie, Sie könnten ihn durch Argumente klarstellen. Konvertierungen werden auf diese Weise nicht durchgeführt. Sie müssen seinen falschen Aussagen nicht zustimmen, aber Ihr Schweigen wird eine mächtige Kraft sein, die auf ihn einwirkt und dazu führen wird, dass er an seiner Unfehlbarkeit zweifelt, es wird ihn dazu veranlassen, ernsthaft nachzudenken, und ihn möglicherweise wieder auf die Linie der Wahrheit bringen. Wenn Sie mit ihm gestritten hätten, wäre die Wahrscheinlichkeit groß, dass seine Bemühungen, Sie zu widerlegen, ihn tiefer in seinen Irrtum versenkt hätten, denn während Sie mit ihm gesprochen hätten, hätte er sich ein Argument ausgedacht, um Ihre Bemühungen, ihn in Ordnung zu bringen, zunichte zu machen, und Wenn Sie dies nicht getan hätten, hätte dies negative Auswirkungen auf Sie gehabt und Sie heiß und ungeduldig gemacht.

„ Ich sage es noch einmal : Für den Erfolg ist eine positive und nicht eine negative Einstellung notwendig. Eltern und Lehrer sagen zu den Kindern: „Tu es nicht, tu es nicht, tu es nicht", und versetzen sie damit in ein negatives Element. Ihre Macht ist nicht darauf ausgerichtet, sich das zu sichern, was sie brauchen. Sie driften schnell und ziellos von einer wertlosen, schelmischen Machtverschwendung zur nächsten. Lassen Sie Eltern und Lehrer sagen: „ *Machen Sie es* ", lenken Sie diese Kraft und öffnen Sie einen Weg für ihre Nutzung. Man kann keine Kraft und Macht erlangen, indem man es unterlässt. Macht erlangt man durch Handeln, und zwar nur durch Handeln. Was ist der große Unterschied zwischen dem Geist des Alten und des Neuen Testaments? Das Alte Testament ist voller „Du sollst nicht", während das Neue voller positiver Kraft ist. Vergleichen Sie Levitikus mit der Bergpredigt und den Zehn Geboten mit „Kommt zu mir alle, die ihr müde und schwer beladen seid, und ich werde euch Ruhe geben."

„Positive Stimmungen kommen bei jedem mehr oder weniger stark vor. Wenn wir sie umwerben, sie unterhalten, bleiben sie lange bei uns. Sie gehen nur, wenn wir sie von uns schicken. Wenn wir weiterhin stillschweigend nach ihnen verlangen , werden sie zu uns zurückkehren und der Besuch wird länger dauern als zuvor. Bringen wir uns in die richtige Einstellung und sie werden keine Besucher mehr sein, sondern ihren festen Wohnsitz bei uns einnehmen, die Stimmung wird dann hier zum Zustand werden.

„In einem solchen Zustand ist Erfolg unvermeidlich. Jeder Mensch kann Erfolg haben, sollte ihn haben. Sollte sich mit nichts Geringerem als dem Erfolg zufrieden geben. Jeder von uns hat Momente des Erfolgs gespürt, den daraus resultierenden Jubel und das Leben. Wir müssen dies als unseren Geisteszustand haben: kontinuierlichen Erfolg, dauerhaften Erfolg. Erfolg, nicht unbedingt, wie die Welt ihn versteht. Erfolg muss nicht definiert werden; Jeder weiß es, niemand kann darüber getäuscht werden. Erfolg bringt Frieden und Ruhe und den höchsten Zustand des Glücks, den wir hier auf Erden erleben können – ein Vorgeschmack auf den Himmel. Dies geschieht nicht durch Streben oder Versuchen. „Nicht durch Macht noch durch Macht, sondern durch meinen Geist, spricht der Herr." Dies geschieht dadurch, dass wir uns in einer empfänglichen Haltung halten: „Alles hoffen, alles glauben." Wir blicken nicht zurück, sondern nach vorne und leben heute. Es muss einen eindeutigen, hohen, reinen Zweck geben.

„Der positive Zustand ist der Zustand der Hoffnung und Hoffnung ist eine Eigenschaft Gottes selbst. Nichts in der materiellen oder geistigen Welt kann der Kraft dieses positiven Zustands standhalten. Es steht im Einklang mit den Gesetzen des Universums, und alle Kräfte des Universums wirken mit und für uns, wenn wir im Einklang mit der Natur sind. Wir sind dann eins mit dem Unendlichen und alle Dinge gehören uns.

„Um es noch einmal zusammenzufassen: Sie müssen in Ihrem eigenen Kopf genau erkennen, was Sie werden möchten. Halten Sie in Ihrer Vorstellung das klare, starke und hoffnungsvolle Ideal fest.

„Vermeiden Sie düstere, mutlose und negative Menschen. Wenn das Wetter ungemütlich ist, sollten Sie es nicht zu Ihrem ständigen Gesprächsthema machen. Wenn Sie unangenehme Körperempfindungen oder Symptome verspüren, sagen Sie es niemandem. Dies führt dazu, dass Sie von denen gemieden werden, deren Hilfe Sie benötigen, und dass Sie ein kränkliches, schwaches und unsicheres Gedankenelement anziehen.

„Kultiviere den positiven Zustand. Nimm das Gute, wo immer du es findest, und lass das Schlechte los, es wird durch mangelnde Aufmerksamkeit sterben."

KAPITEL XIX.
ACHTER SONNTAG – FRAUENLIEBE.

Am nächsten Samstag regnete es den ganzen Tag, also nahm ich um 17:30 Uhr den Zug nach Jamison, einem kleinen Dorf auf dem Land, das mir in Erinnerung bleiben wird. Die üblichen Landgänger hielten sich in der Nähe des Depots auf, da die Ankunft der Züge für einige Bewohner dieser abgelegenen Orte von großer Bedeutung war.

„Da ist sie", sagte einer zum anderen.

Ich sah, dass ich Gegenstand einiger Aufmerksamkeit war, dachte aber nur, es sei die übliche Neugier, die das Auftauchen eines Fremden an einem kleinen Ort erregt. Ich ging durch die Felder zur Hütte und fand den Mann, der auf das Abendessen wartete. Der ordentliche Tisch aus Kiefernholz war mit einer sauberen Leinendecke bedeckt, und man muss sagen, dass der Mann sowohl ein guter Koch als auch eine gute Haushälterin war. Ich habe diese Dinge erwähnt. Er lächelte und antwortete:

„ Glücklicherweise muss ich mich nicht um viele Möbel kümmern, und da ich nur zwei Mahlzeiten am Tag esse, und diese nicht sehr üppig sind, sind Ihre Bemerkungen doch nicht so sehr schmeichelhaft."

„Jetzt", sagte ich, als wir am Tisch saßen, „möchte ich Ihnen eine Frage stellen." In der schrecklichen Nacht, in der ich zum ersten Mal kam, hast du von deiner Frau gesprochen. Dann hielten Sie inne und sagten, Sie hätten keine Damenbekleidung im Haus. Ich nehme an, Ihre Frau ist weg. Wird sie bald hier sein?"

„Freundin", war die Antwort, „sie ist jetzt im Geiste hier, aber ihr Körper ist vorerst in England." Sie macht dort eine ähnliche Arbeit wie ich hier. Es wird ein Jahr dauern, bis ich sie wieder in diese Arme schließen werde, und doch spüre ich jemals ihre Anwesenheit. Wir kommunizieren durch Gedankenübertragung. Sie spricht oft mit mir; Natürlich nicht in Worten, denn da wir nicht in Worten denken, ist die sogenannte Sprache im geistigen Bereich nutzlos. Es ist nicht notwendig, dass Sie den Gedanken buchstabieren, um ihn zu verstehen – er überkommt Sie wie ein Impuls. Tatsächlich verursacht jeder Gedanke an den Geist, ob der Geist im Körper ist oder nicht, eine Schwingung im Äther, die die stumpfsinnigen Seelen der meisten Sterblichen nicht begreifen können: so wie ein Mann im betrunkenen Zustand einen Tritt oder einen Stoß dazu braucht Lass ihn seine Augen öffnen.

„Ich habe euch gesagt, dass meine spirituellen Augen durch die Liebe zu dieser Frau, meiner Frau, geöffnet wurden; und ohne ihre Hilfe hätte ich niemals zu Wissen gelangen können. Ich war vierzig Jahre alt, als ich sie in diesem Leben fand, und Hand in Hand gingen wir und aßen gemeinsam vom Baum der Erkenntnis.

„In der alten Fabel wurde dem Mann und der Frau gesagt, sie sollten nicht unwürdig essen. Einige Berichte sind unvollständig miteinander verbunden, so dass sie ein Verbot enthalten, doch handelt es sich hierbei um eine von Priestern im 6. Jahrhundert vorgenommene Verzerrung der wahren Wahrheit. Unwürdig zu essen bedeutet zu sterben, und Sie müssen bedenken, dass diese Geschichte wahr ist; Aber unter den richtigen Bedingungen kann der richtige Mann, der nach der Wahrheit sucht und Hand in Hand mit der richtigen Frau geht (und für jeden Mann gibt es eine richtige Frau und für jede Frau einen Mann), Vollkommenheit erreichen – das heißt Vollständigkeit.

„Ich habe Ihnen etwas über die Atmosphäre gesagt, und Sie müssen dies als eine der größten lebendigen Wahrheiten niederschreiben, dass die männlichen und weiblichen Elemente erforderlich sind, um eine perfekte spirituelle Atmosphäre zu bilden.

„Das erklärt den langsamen Fortschritt, den die Welt gemacht hat. Männer lebten gedanklich allein und schlossen Frauen aus ihren Räten aus und beraubten sich so des spirituellen weiblichen Elements, in dem der Keim aller Wahrheit enthalten ist. Das wahre Geschlecht ist spirituell, nicht körperlich. Sex symbolisiert nur die großen Wahrheiten, die dahinter stecken. Wenn Sie sich Menschen vorstellen, die zum Sakrament des Abendmahls eilen, sich mit dem Brot vollstopfen, das den Leib unseres Erlösers darstellt, und in betrunkener und rührseliger Heiterkeit von der Wirkung des Weins, der sein Blut darstellt, schwanken, sehen Sie ein genaues Bild von dem, was seit Tausenden von Jahren in dieser heiligen Angelegenheit des Sex getan wird. Freund, wunderst du dich, dass Adam und Eva aus dem Garten vertrieben wurden und dass sie sich in der Gegenwart des anderen schämten?

„Um Ihnen einen kleinen Einblick in das zu geben, was ein Mann und eine Frau leisten können, wenn sie auf mentale und spirituelle Weise zusammenarbeiten, erkläre ich Ihnen, dass mir meine Frau viele Jahre lang jeden Tag einen Brief von einer bis zu einem Dutzend Seiten geschrieben hat, genau wie der Geist bewegte sie. Sie schrieb, ohne sich besondere Gedanken über Form oder Inhalt zu machen, ohne die dumme Angst, sie könnte sich wiederholen oder etwas Widersprüchliches sagen. Sie dachte einfach laut nach und schrieb es für niemanden außer dem „ihrer eigenen wahren Geliebten" auf. Da sie eine Frau mit hohen Ambitionen ist, deren Herz von Liebe und dem Wunsch nach Gerechtigkeit erfüllt ist, können Sie den allgemeinen Tenor dieser Briefe erraten, obwohl Sie den großen und erhabenen Gedanken noch nicht vollständig verstehen konnten. Jeden

Morgen fand ich auf meinem Tisch (denn wir hatten jeder ein eigenes Zimmer) meinen Brief, und jeden Tag drückte ich die Nachricht inbrünstig an meine Lippen und öffnete sanft das Siegel, las den Brief einmal durch, manchmal zweimal, um ihn vollständig zu lesen importieren; und wenn ich es damals nicht zu begreifen schien, legte ich es bis zum nächsten Tag beiseite. Aber im Allgemeinen war meine Seele voller Freude – denn Sie dürfen nie vergessen, dass die höchsten Freuden die des Denkens sind –, ich nahm meine Feder, ging den Brief sorgfältig durch, markierte hier und da ein Wort und fügte ein anderes ein. Nach Vereinbarung schrieb meine Frau nur in jede zweite Zeile und übersprang manchmal mehrere und ließ eine Leerstelle übrig, die ich ausfüllen konnte, als Hinweis, dass ich den Gedanken weiterführen und dem, was sie begonnen hatte, eine Vollständigkeit verleihen sollte beantworte eine Frage.

„Es gibt nur eine Wissensquelle – alles andere ist aus zweiter Hand. Zuerst wurde die Wahrheit einem Mann direkt zugeflüstert (wenn ich „Mann" sage, schließe ich natürlich auch die Frau ein, wie es sich bei dem Begriff immer gehört). Das nennen wir Inspiration. Mose stieg auf den Berg – wie es alle Menschen tun müssen, um die Wahrheit zu empfangen; das heißt, sie müssen sich eine Zeit lang von den Ablenkungen, Ambitionen und verwässernden Einflüssen niederer Gedankenströmungen zurückziehen – und dort wurden ihm die steinernen Tafeln übergeben. Eine schöne Allegorie – und wahr! Jesus stieg allein und auch mit den Jüngern auf den Berg. Sie und ich befinden uns jetzt auf dem Berg der Verklärung, und Sie werden niemals dieselbe Frau sein, die den Aufstieg geschafft hat, sondern eine verklärte – das heißt veränderte – größere und bessere.

„Das, was in ihren Briefen reine Inspiration war – und Inspiration kommt nur, wenn man aus Liebe arbeitet und nicht für Lohn und für die Zustimmung von jemandem –, habe ich in Klammern mit roter Tinte markiert, was bedeutet, dass es von ihr kopiert werden sollte ein Buch, das wir „Unser Buch" nannten. Dieses Buch war nicht zur Veröffentlichung gedacht, sondern für niemand anderen als unseren eigenen. Die darin aufgezeichneten Gedanken waren weder ihre noch meine, sondern unsere; denn ich hatte ihren Gedanken korrigiert oder weitergeführt, und als sie die endgültige Abschrift machte, änderte sich die Form des Gedankens oft von seiner ursprünglichen Absicht. Daher konnte keiner von uns seine eigenen Gedanken aus diesem Buch heraussuchen, das war die perfekte Vermischung. Der große Vorteil des Schreibens in Sprache bestand damals darin, dass es dem rein Geistigen Präzision und materielle Form verlieh; Dies dient als Grundlage für ein besseres Verständnis dessen, was zu dieser Zeit in der Eile und dem Streit der weltlichen Angelegenheiten unserem Verständnis entgangen sein könnte – „ Gedanken, die die Fantasie durchbrachen und entkamen", wie der Prophet gesprochen hat.

„Sie müssen bedenken, dass jede Knospe nur einmal blüht und jede Blume ihren eigenen Moment vollkommener Schönheit hat; So hat im Garten der Seele jedes Gefühl seinen Blütezeitpunkt, in dem es in strahlendem Glanz erblüht. Jetzt lebe ich inmitten einer fortwährenden Blüte von Rosen und versuche nicht länger, sie in Worte zu fassen. Die erlesenen Freuden der persönlichen Beziehung mit dem geliebten Menschen gehörten damals wie heute zu uns, denn nichts Gutes wird jemals langweilig oder unnütz, wenn es nicht missbraucht wird. Damals gab es eine leichte Ungeduld, diese exquisiten Freuden des Denkens und Fühlens zu erfassen, und diesen Impuls sehen Sie, wenn wir den Gedanken in Worte fassen; Aber jetzt sind wir zu einem vollständigen Verständnis der Tatsache gelangt, dass wir in der Ewigkeit leben, nicht in der Zeit, und dass es Eile geben muss und nicht geben darf.

„ Also leben wir jetzt getrennt oder zusammen, je nachdem, was auch immer scheint am besten zu sein; und wenn wir uns treffen, ist es wie ein Brautmorgen – tatsächlich ist das Leben für uns eine Hochzeitsreise, denn der Himmel gehört uns. Jeder von uns ist unabhängig, wie Sie sehen, es ist nicht notwendig, dass wir ständig zusammenleben, und dennoch sind wir alle voneinander abhängig. Sollte ein Unfall ihren oder meinen Körper zerstören, würde sich auch der Geist des anderen zurückziehen und neue Körper würden entstehen; und natürlich würden wir immer zusammen sein, denn Gleiches zieht Gleiches an.

„So seht ihr, wie man Hand in Hand geht, von Herz zu Herz, jeder für die Anerkennung des anderen arbeitet, alle mit vollkommenem Glauben und Vertrauen, obwohl der eine sündigt, der andere nur darauf wartet, zu vergeben; ein ständiger freundschaftlicher Streit darüber, wer die feinere Atmosphäre atmen, das edlere Ziel, den reineren Gedanken haben sollte; dass das Schlechte an der Unanität starb, das Unwürdige aufhörte, einfach durch Mangel an Bewegung zu sein, und dass nur das Gute übrig blieb und sein kontinuierlicher Gebrauch ständig mehr Kraft und Stärke verlieh; jeder kritisiert , was sowohl Zustimmung als auch Tadel impliziert. Indem wir niemals streiten oder uns selbst und das Thema durch Kontroversen herabsetzen, immer voller Hoffnung, guter Laune und Liebe – die, wie Sie wissen, alle Tugenden in sich umfasst – können Sie verstehen, wie das Leben ein ständiges Werben war; und so schnell wir die Wahrheit verstehen konnten, wurde sie uns klar, klar und transparent. Dinge, die einst undurchsichtig, dicht und komplex erschienen, waren jetzt klar wie ein Mittag. Allmählich lichtete sich der Nebel, wir atmeten das reine Ozon des Lebens. Der Glaube an jeden brachte den Glauben an Gott mit sich; so dass „Er tut alles gut“ nicht nur in Worten gesagt wurde, sondern es wurde ein Teil unseres Lebens. Wir haben die Wahrheit studiert – wir haben die Wahrheit gelebt, wir sind zur Wahrheit geworden.

„Glauben Sie nicht, dass sich unser Gedankenaustausch auf kühle schriftliche Korrespondenz beschränkte, denn manchmal tobten wir wie zwei Kinder durch den Garten und die Haine neben unserer Wohnung. Streit und Streben nach Wissen wurden beiseite gelegt. Wir strebten danach, in einem gläsernen Seelenhaus zu leben, in dem der Lichtstrahl, der von der großen Quelle allen Lebens und Lichts kommt, ungehindert bis in seinen innersten Winkel eindringen konnte. Wir waren immer wachsam für das kommende Licht, und in diesen Spielzaubern, die täglich kamen, sahen wir die immer aufgehende Sonne der Wahrheit.

„Der Grund, warum ich Ihnen so deutlich vom täglichen Niederschreiben unserer besten Gedanken erzählt habe, liegt daran, dass es immer ein Grenzland zwischen Wahrheit und Irrtum gibt, wo Mystizismus wohnt, der ein Miasma für die Seele ist. Manche reden von Mystik und bewegen sich damit im Kreis; Aber indem man den Gedanken aufschreibt und ihn anschließend einer sorgfältigen Analyse des männlichen und weiblichen Geistes unterzieht, wird jeder Fehler entdeckt.

„Freund, es mag dir seltsam vorkommen, aber es gab einmal vor Jahren eine Zeit, in der ich an der Wahrheit der Bibel zweifelte; aber ich wurde von meinem geliebten Menschen aus der Dunkelheit ins Licht gebracht. Langsam aber sicher lichtete sich der Nebel und die Sonne kam immer heller zum Vorschein, und während ich einst blind war, kann ich jetzt sehen. Zweifle nie daran, mein Freund, sondern erzähle es bis in die entlegensten Winkel der Erde – schreibe es in goldenen Buchstaben in dein Herz, damit die Menschen sehen können, dass *die Bibel wahr ist*. Das Leben meiner geliebten Person und mein Leben, das ihr gehört, haben es bewiesen. Denn Liebe ist Leben, und in dieser Liebe des Mannes zur Frau hat Gott die wahre Frucht dargestellt – die vollkommene Erkenntnis ist. Denn ist es nicht klar, dass derjenige, der wirklich liebt, sich nicht als unbeständig erweisen kann? und wo die Frau wirklich liebt, ist sie durch das Gesetz Gottes zur Beständigkeit verpflichtet. Sie können nicht fallen, solange die Liebe unantastbar bleibt; und wenn man einmal liebt, kann man die Liebe nicht verletzen.

„Aber es wird spät, und du solltest besser die Leiter hinaufsteigen und zu Bett gehen. Obwohl morgen Ruhetag ist, werden wir durch den Wald spazieren; Und übrigens habe ich Ihnen eine großartige und wichtige Wahrheit zu sagen. Du brauchst es nicht zu schreiben, aber ich werde reden, während wir spazieren gehen; Die Art dessen, was ich erzählen werde, ist so eigenartig, dass Sie sich an alles erinnern und es zu Hause aufschreiben können. Wie ich sehe, machen Sie Fortschritte. Du kannst dich im Mondlicht ausziehen, und ich werde mein Feldbett unter die Bäume stellen und schlafen. Ich genieße es, unter freiem Himmel zu ruhen, während die Sterne

Wache halten, einige verschwinden aus dem Blickfeld und andere tauchen über den Horizont auf, um ihren Platz einzunehmen. Wie leise kommen sie! Wie einfach und doch wunderbar sind die Werke Gottes! Und so wird der Mensch zur Vollkommenheit gelangen, denn heißt es nicht: „Selig sind die, die reinen Herzens sind, denn sie werden Gott sehen"?"

KAPITEL XX.
DIE FESTNAHME.

Ich stieg die Leiter hinauf und schaute aus dem offenen Fenster auf die großartige, ruhige und stille Szene, die sich vor mir ausbreitete. Große Schattenbuchten lagen unter den Bäumen, ein sanfter Wind bewegte die Äste, und ihre nach oben gerichteten Blätter schimmerten silbrig im Mondlicht, das die schlafende Erde wie mit einem Gewand bedeckte.

Ich zog mich aus, kniete neben dem kleinen Bett nieder und betete mein erstes Gebet.

Siebenunddreißig Jahre waren an mir vergangen – mein welliges braunes Haar war bereits mit Weiß gesprenkelt; Sorgenfalten waren auf meinem Gesicht; die Mädchenzeit ist vorbei; die Altersspuren waren gekommen; Ich strebte nach zwei Dutzend, und ich hatte nie gebetet. Natürlich hatte ich das Gebetbuch gelesen und in der Kirche bestimmte Worte gemurmelt; aber jetzt fiel ich zum ersten Mal auf die Knie und vergrub mein Gesicht in meinen Händen. Die heißen Tränen kamen schnell und schnell und liefen durch meine Finger; aber es waren Tränen der Freude, nicht der Trauer. Endlich schien das Leben einen Schimmer von Sinn zu zeigen! Das Ganze hatte einen Zweck, Gottes Zweck! Ich betete, dass ich seinen Willen tun möge. Die einzigen Worte, die mir schluchzend in die Kehle kamen und die ich immer wieder sagte, waren: „Oh, gib mir ein reines Herz und einen rechten Geist!"

Ich legte mich ins Bett, was mir noch nie so willkommen vorkam. Ich schien jeden Muskel zu entspannen und mich der Ruhe hinzugeben. Ich hörte in der Ferne das Schreien eines Whippoorwills – das sanfte Murmeln der Winde, die durch die Zweige seufzten, schien mir ein süßes Schlaflied zu singen. Ich stellte mir vor, ich wäre wieder ein Kind; so süß und perfekt war der Rest; und ich erinnerte mich an die sanfte Baritonstimme des Mannes, als er gesagt hatte: „Selig sind die reinen Herzens, denn sie werden Gott sehen." Gesegnet –" Ich schlief.

Es kam mir vor, als hätte ich zehn Minuten lang nicht geschlafen, doch später stellte ich fest, dass fünf Stunden vergangen waren, als ich von einem wilden Geschrei und einer rauen , knirschenden, brutalen Stimme erschreckt wurde, die schrie:

„Jetzt haben wir sie – schlagt die Tür ein!"

Knall – es krachte, und unten hörte ich das Trampeln von Dutzenden Füßen. Ich sprang aus dem Bett und ohne darüber nachzudenken, was ich tun sollte, packte ich das Ende der Leiter und im Handumdrehen lag sie unter meinen Füßen auf dem Boden.

„So, Jungs, habe ich es euch nicht gesagt? Sie sind oben. Also, Bill, warum zum Teufel hast du die Leiter nicht geschleppt, bevor sie sie hochgezogen haben, oder bist du sonst hinaufgestiegen?"

„Was, denkst du, ich würde alleine die Leiter hinaufsteigen und gegen die beiden kämpfen ? Nicht viel! Der Mann allein ist ein Schrecken – und die Frau, Gott steh uns bei! Sie würde mir vor allen anderen die Augen auskratzen und du könntest hochkommen."

„Hey, du, du alter Verdammter, wir sind dir auf der Spur, verstehst du das nicht ? Jetzt komm ruhig herab, sonst wird es dir schwerfallen.

Sie warteten auf eine Antwort, aber ich sagte kein Wort. Ich hatte hastig mein Kleid angezogen und stand mit einem kleinen Stuhl mit Hickory-Boden in meinen Händen neben der Öffnung im Boden, durch die ich die Leiter gezogen hatte.

„ Willst du nicht antworten? Na gut, dann nicht! Wir machen einfach ein Lagerfeuer auf dieser Etage und schauen, ob es deine Mähnen versengt."

Jemand aus dem Pöbel hier draußen feuerte mehrere Male mit einem Revolver ab, aber ich vermutete zu Recht, dass dies nur dazu diente, Angst zu machen. Ich blieb immer noch standhaft. Vielleicht hatte ich Angst, aber wenn das so war, beeinträchtigte es meine Kräfte nicht, denn ich wartete darauf, dass bei der Öffnung ein Kopf auftauchte, und ich musste nicht lange warten, denn bald gab es unten eine geflüsterte Beratung. Ich hörte ein heiseres Flüstern sagen: „Nein, du gehst" – „ Na dann, Jake, versuch es" – „Verdammt, wer hat Angst!" Hier, du, nimm mich mit", und eine Hand ergriff die Kante des Bodens.

Ich trat zurück, packte den Stuhl und schwang ihn hoch, und durch den Boden sah ich im Schein der Fackeln das Gesicht von Bilkson , dem Junior. Der Stuhl hatte schon seinen Auftrag erledigt, bevor ich das Gesicht erblickte; Aber egal, ich wäre nicht geblieben, wenn ich könnte. Absturz – der Mann ging zu Boden. Ich hörte ihn wie ein totes Gewicht fallen, genauso wie ich gesehen habe, wie ein Heuballen aus einem Scheunentor fiel.

„Ich bin erschossen! Ich bin erschossen! Lauft zum Arzt, Jungs. Ich sterbe! Ein Minister. Oh, Judas! „Mir ist eine Kugel ins Gehirn geschossen", hörte ich ihn schreien.

„ Halt die Klappe, du verdammter Idiot! Du hast keinen Verstand zum Schießen. Niemand ist erschossen. Sie haben dich mit einer Keule geschlagen – das ist alles. Ihr wurdet nicht verletzt. Ja, von George! Dein Geruchssinn ist kaputt, und du spuckst dir besser vorher die Zähne aus schluckt sie . _ Gawd hilft ihm, Jungs, ich bin froh, dass ich es nicht bin . Er hat einen schlimmen Schlag abbekommen. Nun ja, es ist sowieso sein Geschäft , nicht unseres. Wir kommen nur, um uns alles anzusehen und helfen, wenn wir gebraucht werden ."

Hier hörte ich aus einiger Entfernung eine Stimme. "Wir haben ihn! Wir haben ihn!" Unten gab es plötzlich einen Ansturm nach draußen, und als ich aus dem Fenster schaute, sah ich im Schein der Fackeln (der Mond war untergegangen und es war jetzt ziemlich dunkel), fünf oder sechs der Raufbolde, die den Mann festhielten. Er leistete keinen Widerstand, aber zwei hatten ihn an beiden Armen gepackt, und zwei hatten ihn von hinten am Halsband festgehalten, und sie führten ihn zum Haus.

„Wir haben ihn! Wir haben ihn!" Sie riefen. „War er nicht scharfsinnig? Als er uns kommen hörte, stieg er aus dem Fenster, trug das Feldbett unter einen Baum und tat so, als würde er schlafen. Oh Du kannst uns nicht täuschen, alter Mann – wir sind auf der Spur."

„Warum, Bilkson , du hast gesagt, er trage einen falschen Schnurrbart und eine Perücke – schau mal!" Und der junge Kerl zog heftig an seinem schneebedeckten Bart, und ein Mann hinter ihm packte ihn mit einem Ruck in den Haaren, der den Mann fast von den Füßen warf.

Was nützt es jetzt , ihn so herumzuzerren? " sagte ein großer junger Kerl. „Schauen Sie sich diese Schulter an, ja? Er kann jeden von euch lecken, wenn ihr ihm eine Show liefert, und solange er anständig ist und es nicht ist Versuche wegzukommen, lass ihn los, ja! Ich werde für ihn bürgen."

Daraufhin lockerten sie ihren Halt, blieben aber stehen; einige trugen Knüppel, einige trugen Mistgabeln und zwei hatten Revolver, die sie schwangen und ab und zu in die Luft feuerten. Die ganze Zeit über erfüllte Geschrei und Gerede die Luft, Flüche und obszöne Witze wurden verbreitet, und ich sah, dass einige Flaschen trugen, die frei herumgereicht wurden.

Sie standen eine Minute lang draußen und stellten alle Fragen an den Mann. „Wer bist du und wo kommst du her? Verlockende dumme Frauen hier draußen, das ist doch ein gutes Geschäft , nicht wahr? Wir zeigen es Ihnen!" und ich sah eine Faust, die nah an dieses schöne Gesicht gehalten wurde.

Einer nahm seinen Schlapphut ab, schlug damit auf den Mann ein und sagte gleichzeitig: „Sehen Sie, ich bin der Einzige in der Bande, der Sie respektiert." Bei diesem Ausfall gab es großes Gelächter. „ Er sagt, er sei ein Sohn Gottes. Hast du ihn das sagen hören, Jake, oben im Laden?"

„Ja", sagte Jake, „er sagte, nicht nur er sei ein Sohn Gottes, sondern wir alle seien es." Wo ist das Mädchen? Sie ist nicht entkommen? Der Stadtbeamte sagt, sie sei oben und würde ihre Toilette reparieren , um herunterzukommen und die Anrufer zu empfangen."

„Geh noch einmal hoch, Bilkson , und sag ihr, dass ich völlig fertig bin."

Die um das Gesicht des Juniors gebundenen Taschentücher erstickten die Antwort, und trotzdem schrie und redete der Pöbel. Durch einen Spalt zwischen den Baumstämmen sah ich, wie dem großen jungen Kerl, von dem ich gesprochen habe, eine Flasche reichte, und ich sah, wie er sie nahm und weit in die Büsche warf, während er mit befehlender Stimme sagte: „Hier, ihr Kerle, ich Ich habe genug davon gesehen. Wir kamen mit diesen beiden Stadtherren hierher, um den Mann und das Mädchen zu verhaften. Was zum Teufel machst du denn, dass du nur herumstehst, dich betrinkst und wie Idioten brüllst? – Du, alter Mann, sie haben dich und die Luft, die dich nach Buffalo bringen, und das Mädchen auch, wo immer es ist. Draußen im Busch ist noch ein anderer Städter. Jetzt geh' lange, friedfertig, wie ihr beide, und ich werde jedem Mann die Sinne rauben, der euch an die Hand nimmt. Das werde ich, oder mein Name ist nicht Sam Scott."

Bis zu diesem Zeitpunkt hatte der Mann noch nichts gesagt, und ich konnte im Licht der Fackeln nicht erkennen, dass die Ruhe aus seinem schönen Gesicht verschwunden war. Wie ein Lamm stumm vor dem Scherer, so tat er seinen Mund nicht auf. Er drehte sich um, sah Sam Scott an und sagte leise:

„Freund, wir gehen mit dir." Dann mit lauterer Stimme, von der ich wusste, dass sie für mich bestimmt war: „Fürchte dich nicht – dir kann nichts passieren." Wir werden gehen." Ich zögerte keinen Moment, sondern ließ die Leiter hinunter, und im Nu stand ich inmitten des Pöbels, der sich um mich drängte, mit Gesichtern voller böser Neugier, Brutalität und Hass.

KAPITEL XXI.
VERFOLGUNG.

„Oh, du wusstest nicht, dass wir hier sind, sonst hättest du uns nicht warten lassen , oder?" – „ Na, ist sie nicht eine aalglatte Frau! – und das auch noch mit ihren nackten Füßen. Nun ja, der Spaziergang durch das Gras wird ihren Hühneraugen gut tun." –" Sag mal, jetzt mach sie weniger betrunken. Sie wird furchtbar komisch sein, wenn sie satt ist", und sie reichten mir eine Whiskyflasche; und so flogen die Bemerkungen, als die Menge von dreißig oder mehr Männern immer näher drängte, begierig darauf, einen näheren Blick auf mich zu werfen.

„Ich sage, Miss, ist das die neueste Frisur in der Canal Street?" – „ Oh, du hast deinen Trubel vergessen!" – „Du fühlst dich nicht so groß wie sonst!" – „Du wirst uns jetzt nicht brüskieren, oder, selbst wenn wir am Scheideweg wohnen?"

Sam Scott nahm mich am Arm. „Haben Sie keine Angst, Missis – ich kenne sie alle. Lasst uns gehen", sagte er.

Ich blickte in das Gesicht dieses großen jungen Mannes und sah den Ausdruck stiller Entschlossenheit, als wir zur Tür hinausgingen. Es gibt zwei Arten von Gelassenheit – die eine zeugt von ruhiger Ruhe und Frieden, die andere von einer Ruhe, die so still ist, dass sie bedrohlich ist. Es ist die Stille, die wir vor dem Sturm empfinden – die Gelassenheit des liegenden Leoparden, bevor er aufspringt. Dies war der Gesichtsausdruck dieses zwanzigjährigen Mädchens, als er mich nicht unsanft vor sich herschob und dem Mann bedeutete, an meiner Seite zu gehen.

Bilkson ging voran, sein Kopf war gefesselt, sodass er seinen Hut nicht tragen konnte. Zweifellos hat er die Schwere seiner Wunden übertrieben, in der Hoffnung, bei der Menge Mitgefühl zu erregen. Aber seien Sie sich dessen bewusst, dass dies keine sympathische Versammlung war. Scott schien der einzige nüchterne Mann unter ihnen zu sein, und sie drängten sich immer noch näher, und das hässliche Gejohle ging weiter. Scott ging dicht hinter mir, und ich bemerkte, dass er der Einzige war, der keine Waffe trug – sogar Bilkson , der wie ein Tambourmajor an der Spitze der Prozession ging, trug auf seiner Schulter eine Zaunlatte .

„Die Kapelle wird jetzt den Hochzeitsmarsch spielen", rief ein Possenreißer mit lautem Mund . „Sie haben ihren Hochzeitsturm vor der Zeremonie eingenommen, nicht wahr?" Und immer noch ging die schreckliche Obszönität weiter, an die ich nicht zu denken, geschweige denn zu schreiben wage.

Ein Mann, nicht mehr jung, aber betrunkener als die anderen, groß, mit rotem Schnurrbart und stämmig, taumelte neben mir her und versuchte, seinen Arm um mich zu legen. „Nur ein Kuss, meine Liebe – nur einer. Jetzt sei nicht übermütig", schluckte er.

Ich spürte den ekelerregend heißen Whiskyhauch an meiner Wange. Ein unterdrückter Schrei kam von meinen Lippen und ich machte einen Rückzieher. Plötzlich sah ich, wie Scotts rechter Arm nach vorne schoss. Ich sah den Raufbold ausweichen und dachte, Scott hätte ihn angegriffen und sein Ziel verfehlt; Aber schneller als der Gedankenblitz wuchs der große junge Mann einen Fuß größer, der Kopf ging zurück, die Brust hob sich, die Lungen füllten sich, sein Körper schien nach links zu schwanken und nach vorne zu kippen, die bullige linke Faust schoss wie ein Blitz hervor und erwischte den Raufbold am Kieferwinkel. Der Mann schien in die Luft zu springen, und als er drei Meter entfernt zu Boden fiel , sah ich, wie Blut aus seinen Augen, seiner Nase und seinem Mund strömte. Der erste Rechtszug von Scott war lediglich eine Finte. Als der Mann nach links auswich , rannte er direkt gegen diesen gewaltigen Schlag an, der kein bloßer Schlag mit der geballten Hand war, sondern ein Schlag, der durch das gesamte Körpergewicht unterstützt wurde. Indem er dem Schlag auswich, war er ihm entgegengeeilt.

Als wir weitergingen und kaum innehielten während des Vorfalls, den ich beschrieben habe, hörte ich hinter uns eine raue Stimme sagen: „Er ist tot!" Er hat diesen schrecklichen Linkshänder! Er ist auf jeden Fall fertig! Was wird seine Frau dazu sagen?"

Einige zogen sich zurück, um sich um den verletzten Mann zu kümmern, andere fielen ab oder blieben einer nach dem anderen zurück. Ich schaute nach Osten und sah die großen roten Streifen, die das Kommen des Tages ankündigten. Die Sterne verschwanden. Ich hörte den fröhlichen Gesang der Vögel (wie die Vögel frühmorgens singen!) und als wir das Dorf erreichten, spähte gerade die Sonne über die fernen Hügel. Bilkson marschierte, immer noch mit seinem Zaungeländer, voraus. Der Mann und ich gingen Hand in Hand, denn die Natur meiner Frau begann sich durchzusetzen; Obwohl ich mich zunächst stark und in der Lage fühlte, alles zu ertragen, reichte ich doch als wir das Dorf betraten, meine Hand nach dem Mann und spürte seinen beruhigenden Griff.

Dies war das erste Mal, dass meine Hand seine berührte, und das einzige Mal, dass er sich mir näherte, seit ich ihn in der ersten Nacht sah, als er seine Hand über mein Gesicht strich, als ich einschlief.

Der Mob war verschwunden, aber eine Viertel- oder Achtelmeile zurück sah ich kommen, munter einen Stock schwingend, einen hohen weißen Hut auf dem Hinterkopf, den Prinz-Albert-Mantel um seine pompöse Gestalt zugeknöpft, Mr. Pygmalion Woodbur , Rechtsanwalt und Rechtsberater. Dicht hinter mir folgte immer noch Sam Scott, dunkel und entschlossen.

Wir betraten das kleine heruntergekommene Depot, und der Mann und ich setzten uns auf eine der harten Bänke, während Sam Scott mit finsterer Miene zwischen uns saß. Bilkson und die Zaunlatte hielten es für das Beste, draußen zu bleiben. Mr. Woodbur kam herein und wünschte mir lächelnd „Guten Morgen", streichelte den hohen Hut und hoffte, dass es mir gut ging. Er sagte, er habe gehört, dass ich in Schwierigkeiten sei; dass ich indiskret gewesen sei; Und da er wusste, dass meine kleinen Fehler vom Weg der Rechtschaffenheit lediglich Sünden des Kopfes und nicht des Herzens waren, beschloss er sofort, sich mit mir anzufreunden, und war aus der Stadt herausgekommen, um dafür zu sorgen, dass ich die richtige Behandlung erhielt. Da saß ich, ohne Hut und Schuhe, aber nicht ohne Freunde, für immer spürte ich die gelassene Gelassenheit des Mannes, und auf seinem knochigen Knie ausgebreitet sah ich die große braune Hand von Sam Scott.

Der Zug hatte zwei Stunden Verspätung, und als wir im Depot saßen, kamen Kinder herein und spähten neugierig durch die Tür, um den bösen Mann und die böse Frau zu sehen, die die Beamten der Stadt verhaften mussten. Frauen kamen mit Babys auf dem Arm, und Männer mit grobem Bart, aber gutherzigem Herzen starrten uns an und führten *leise* Gespräche, die ich teilweise mithören konnte.

„Sieht sie nicht wirklich böse aus?" sagte eine Frau. „Sehen Sie sich ihr langes Haar an, das ihr bis zur Taille reicht – und wie dreist!" sagte ein anderer. „Na, wenn ich es wäre, würde ich mir vor lauter Scham die Augen ausweinen, und da sitzt sie bleich und hat kein bisschen Angst." – „ Ah, du Sam Scott, woher hast du die Einführung?"

Sam Scott erwiderte den Blick und suchte nach einer Antwort, und der Fragesteller schlich sich davon.

Ich zitterte in der kalten Morgenluft, denn ich hatte kein Umhang dabei. Eine Frau, die ein Baby trug, das nur ein Nachthemd trug, starrte mich an, und ich sah, wie sie hastig ihre Schürze über den Kopf warf, hinausging und gegen die Tür rannte, als sie sich umdrehte. Bald kam sie zurück. Mir fiel auf, dass ihre Augen sehr rot waren. Sie brachte mir eine alte Bettdecke und sagte mir, ich solle sie um mich legen, damit ich warm bleibe; es mitzunehmen, und wenn ich keine Möglichkeit hätte, es zurückzusenden, brauche ich es nicht; und plötzlich, als sie kam, stürzte sie davon.

Der Zug kam an und wir stiegen in den Raucherwagen und ließen Sam Scott auf dem Bahnsteig zurück. Ich sah ihn an und versuchte zu sprechen, aber die Worte blieben mir im Hals stecken. Er erriet, was ich sagen wollte, und stammelte:

„Nun, Missis, bleiben Sie ruhig, ja? Ich weiß, nicht wahr? Wie sehr diese verfluchte Sonne meinen Augen wehtut!" und er fing an, sich mit den knorrigen Fingerknöcheln ein Auge auszustechen.

Als ich in Buffalo ankam, sah ich auf dem Depothof einen Streifenwagen vorfahren, in dem drei Offiziere mit Messingknöpfen saßen. Ich wusste, dass sie auf uns warteten und dass Bilkson ihnen telegrafiert hatte, möglicherweise um meine Demütigung noch zu verstärken. Als wir aus dem Auto stiegen, rief Bilkson den Beamten zu:

ihnen Ausschau halten ! Schaut mich doch nur völlig fertig an. Wir hatten einen schrecklichen Kampf!" Und sicherlich sah er so aus, als würde er die Wahrheit sagen, denn ein halbes Dutzend schmutziger Männer hatten jeweils ein schmutziges Taschentuch beigesteuert, um seinen gebrochenen Kopf zu fesseln. „Gehen Sie kein Risiko ein, sonst müssen Sie Ihr eigenes Risiko eingehen", fuhr er fort.

Daraufhin ging einer der Beamten zurück zum Streifenwagen und kam mit Handschellen zurück.

„Hier, altes Mädchen", sagte er, „wir sind es gewohnt, dich zu sehen – je schlechter du bist, desto besser gefallen wir dir!" Spucken und treten und kratzen Sie jetzt so viel Sie wollen, aber ziehen Sie den Schmuck nur an, um gut auszusehen, denn es ist Sonntagmorgen, wissen Sie."

Ich spürte, wie sich der kalte Stahl mit einem Knacken um meine Handgelenke schloss, wir wurden in den Wagen geschoben, Bilkson kletterte mit dem Fahrer auf den Sitz und unter dem allgemeinen Geschrei einer Gruppe von Straßenspielern stürmten wir die Exchange Street entlang . Die Glocken läuteten und riefen die Gläubigen in die Kirche. Kinder in steifen weißen Kleidern, zierlich gekleidete Frauen, Familiengruppen, wir kamen auf dem Weg zur Kirche an uns vorbei, und sie drehten sich um und sahen uns mit verwunderten Augen an.

In der Michigan Street sah ich eine Gestalt auf uns zukommen, die ich sehr gut kannte, das erste und einzige Gesicht, das ich seit Jahren gesehen hatte und das ich wirklich einen Freund nennen konnte. Es war Martha Heath, die zügig vorwärts ging und zu einer Missions-Sonntagsschule in der Perry Street ging , wo sie eine Klasse grinsender Jugendlicher unterrichtete. Auch sie blickte auf den Streifenwagen mit seiner bunten Ladung, und ich sah, dass sie mich nicht erkannte. Ich dachte daran, sie anzurufen, aber der zurückhaltende Einfluss des Offiziersknüppels, der in meiner Nähe saß, ließ die Worte auf meinen Lippen erstarren. Trotzdem schaute sie. Ich hielt meine Hände hoch und zeigte in stummer Bitte die Handschellen. Ich sah, wie die Bücher aus ihrem Griff fielen. Benommen wanderte ihre Hand zu ihrem Kopf – sie schwankte – taumelte – und ergriff ein freundliches Geländer, als wir vorbeiwirbelten.

Der Fahrer ließ seine Peitsche in Richtung eines vorbeikommenden Polizisten knallen und zeigte mit dem Daumen über seine Schulter, und beide lachten.

„Welche Anklage?" fragte der Offizier, als wir vor den hohen Schreibtisch im Bahnhofsgebäude geführt wurden.

„Machen Sie den Eintrag mit Bleistift und nennen Sie es Einbruch – vielleicht möchten wir ihn später ändern. Aber wir haben es auf sie abgesehen ! Legen Sie sie in den Gefrierschrank und achten Sie darauf, dass niemand sie sieht , denn wir wollen sie zum Geständnis zwingen", sagte Woodbur und senkte seine Stimme zu einem vertraulichen Flüstern.

Am nächsten Morgen erschien in der *Daily Times* der folgende Artikel, und der Ausschnitt ziert jetzt mein Sammelalbum.

BEAUTY'S BLOWOUT.

EINE KOSTENLOSE FAHRT.

WIE ASPASIA HOBBS HOBNOBS MIT CAPTAIN KILBUCK AUF NR. 10.

kürzlich im Times-Wettbewerb den ersten Preis für den beliebtesten Polizisten der USA gewann Büffel.

Alte Bewohner erinnern sich noch gut an Hobbs, von Hobbs, Nobbs & Porcine, der im Mondlicht nach Kanada sprang, und die schöne Jungfrau im Streifenwagen war keine andere als Aspasia Hobbs, die Tochter der oben genannten. Wer sagt nun, dass es in der Vererbung nichts gibt? Aspasia war barfuß gekleidet und trug eine blaue Steppdecke, die ihr die Beamten aus Anstandsgründen zur Verfügung gestellt hatten, und sah aus, als hätte sie mit dem alten Heusamen, der mit ihr im Wagen saß, eine tolle Zeit verbracht.

Nun, das gute Buch hat recht, wenn es sagt: „Es gibt keinen Narren wie einen alten Narren." Wahrlich, wenn eine Frau fällt, geht sie in Tiefen, in die ein Mann nicht hinabsteigen kann. Die festliche Hobbs hat sich in letzter Zeit stark gemacht, und da es eine ganze Reihe von Anklagen gegen sie gibt, wird Richter Prince zweifellos seiner Pflicht nachkommen. Übrigens haben wir gehört, dass der würdige Richter beschlossen hat, die Nominierung für eine weitere Amtszeit anzunehmen.

KAPITEL XXII.
ÜBRIGENS.

Leser, bitte seien Sie kein Dummkopf und sagen Sie, diese Geschichte sei Fiktion. Wäre das Teil davon! Aber die Behandlung, die mir der Mob in dieser schrecklichen Nacht zuteil werden ließ, ist unter den gegenwärtigen gesellschaftlichen Verhältnissen die natürlichste und einfachste Sache der Welt. Es kann Ihnen passieren, und schlimmer noch, jederzeit, in jeder Stadt, jedem Dorf oder jeder Großstadt, von Boston bis Texas – denn die Menschheit ist überall die gleiche.

Woodbur und Bilkson kamen an diesem Samstagabend um acht Uhr im Dorf Jamison an. Sie riefen den Schuhmacher an, der ein Friedensrichter war, und zeigten ihm ihre Haftbefehle gegen „John Doe" und „Mary Roe", die angeblich in einem Blockhaus in einem bestimmten Wald zwei Meilen entfernt versteckt waren. Sie wollten das Haus um drei Uhr morgens umstellen und die Insassen festnehmen, bei denen es sich angeblich um verzweifelte Charaktere handelte.

Der Schuhmacher JP setzte seine Brille auf, las den Durchsuchungsbefehl mit großer Weisheit und sagte, er würde selbstverständlich bei der Gefangennahme helfen, ebenso wie sein Sohn Tom.

Tom wurde gerufen, ihm die Umstände mitgeteilt und gebeten, die Dienste von zwei oder drei zuverlässigen Männern in Anspruch zu nehmen. „Aber, Tom, pass auf, dass du die Angelegenheit geheim hältst", schloss der Schuhmacher.

Also versprach Tom es und erzählte natürlich vertraulich jedem, den er sah, dass der „launische alte Mann und die hochnäsige Frau", die sie gesehen hatten und die in Smiths Blockhaus oben auf der Lichtung lebten, entkommene Mörder waren und dass alle, die helfen wollten Die Gefangennahme muss am Sonntagmorgen um drei Uhr in der Taverne erfolgen. Heutzutage ist Aufregung in ländlichen Städten ein Mangelware, und die Menschheit ist immer gierig danach; Um drei Uhr war also die ausgewählte männliche Bevölkerung von Jamison in der Taverne – wohlgemerkt, auch keine schlechten Leute, sondern nur gute, schlichte, heimelige, ehrliche Bürger. Die meisten von ihnen wären furchtbar beleidigt gewesen, wenn man angedeutet hätte, dass sie keine Christen seien.

Ich habe Ihnen gesagt, dass nur einer von fünfzig der Meinung ist, dass der Rest keine andere Meinung hat als die, die von Eltern, Predigern und sophistischen Politikern geäußert wird. Ich behaupte nicht, dass diese Meinungen notwendigerweise ein Irrtum sind, sondern dass sie lediglich übernommen wurden. Nachdem sie diese Meinung aus zweiter Hand erhalten haben, werden sie auf der ganzen Erde nach Gründen und Ausreden suchen, um sie zu verteidigen, und dabei ehrlich denken, während sie auf der Suche nach der Wahrheit sind – bloße Anhänger eines Leitmotivs .

Bilkson war gerade zu dieser Zeit der oben erwähnte Vorreiter . Jemand sagte, dieser Mann und diese Frau seien Kriminelle (es gibt die Meinung); deshalb müssen sie es sein – tatsächlich gab es keinen Beweis für das Gegenteil. Dann begannen sie, die Meinung zu untermauern, die ihnen so geschickt eingeflößt worden war. Sie erinnerten sich an bestimmte gotteslästerliche Bemerkungen des Mannes, denn hätte er nicht gesagt: „Ich bin der Sohn Gottes, und alle Menschen können es sein, wenn sie ihr Erbe beanspruchen" – „Ich habe göttliche Rechte aufgrund der himmlischen Abstammung" –" „Eine Kirche ist nicht heiliger als eine Schmiede" – „Der Sonntag ist nicht heiliger als jeder andere Tag, und der Beruf eines Predigers ist nicht heiliger als der eines Bauern." – „Kein Mensch kann durch Sterben die Sünden anderer auslöschen, aber jeder Mensch ist ein Retter seines Geschlechts, der sich an den Mast der Gerechtigkeit bindet" usw.?

„Als ob es irgendeinen Sinn hätte", sagte der Schmied, „sich an den Mast zu peitschen, außer um sich selbst zu retten! Er ist auch Katholik, denn hat er nicht gesagt, dass er nicht nur Jesus, sondern auch seine Mutter verehrt?" Und ein anderer erklärte, er habe ihn sagen hören, er verehre nicht nur die Jungfrau Maria, sondern alle guten Frauen, die gute Gedanken hegen und hohe und heilige Ambitionen hegen. Dann hatte ihn jemand gefragt, was Anbetung sei, und er sagte, es sei „keine körperliche Handlung, wie zum Beispiel in eine Kirche zu gehen und niederzuknien, sondern nur ein Geisteszustand, in dem der Anbeter mit tiefem Respekt an die Person dachte oder angebetet wurde. Wohlwollen und Liebe."

Die einfachen Landleute waren sich sehr sicher, dass jeder Mann, der solche ketzerischen Überzeugungen vertrat, ein Schurke oder Schlimmeres war, und da sie ungefähr wie andere Menschen zu dieser Zeit waren, waren sie ehrlich in der Überzeugung, dass ein Mann, der die Dreifaltigkeit ablehnt, keinen großen Respekt vor den Zehn haben kann Gebote. Deshalb waren sie froh über die Gelegenheit, dabei zu helfen, die Gemeinschaft von einem Mann zu befreien, der den religiösen Glauben der Jugend gefährdete. Kurz gesagt, der Mann korrumpierte die Jugend Athens und musste gehen.

Bei dieser besonderen Gelegenheit war Bilkson der Anführer, denn wenn ein Mann die Führung übernimmt und mit lauter Stimme „Fallt alle herein", ist er nie ohne Anhänger.

Der hartnäckige Werber im Handel ist ein selbsternannter Anführer, und wenn er groß redet und sein Versprechen einigermaßen gut hält, kann er seine Anhänger zumindest eine Zeit lang halten.

Wenn Sie gut gekleidet, lächelnd, gelassen und selbstbewusst zu den Häusern eines dieser Gangster gehen würden, würden sie Ihre Überlegenheit anerkennen; und wenn Sie nur fest und glaubwürdig wären, würden sie Ihnen jeden Gefallen tun und Ihnen jede Hilfe leisten, die Sie wünschen. Dann sind Sie der Anführer – nicht Bilkson . Aber wehe, wenn Sie kalt, nackt und hungrig vor ihrer Haustür verhungern und gleichzeitig ein Bilkson mit dem Finger des Misstrauens in Ihre Richtung zeigt. Sie haben keine „ Einflussnahme ". „ Inflooence " ist nicht nur bei Straight, Schulleitern und anderen Politikern König, sondern auch in Gesellschaft und Kirche. Derjenige, der den größten Teil des Pfarrergehalts beisteuert, hat das meiste Mitspracherecht bei der Leitung der Kirche, und wenn er unzufrieden wird , droht er, „herauszukommen" (die „Kommenden" sind zahlreich), und fügt hinzu: „Du Wisse, dass ich nicht alleine gehe, wenn ich gehe." So schüttelt er seine „ Inflooence " über uns als Verein ab, und wir zucken zusammen, erklären, entschuldigen uns, und die Angst, dass der große Abonnent mit großem Schritt, zahlreicher Gefolgschaft und wilden schwarzen Blicken davontrampeln wird, verschwindet, als wir den großen Mann sehen besänftigt durch unsere unterwürfige Haltung.

Die Angst, die Gunst einflussreicher Menschen zu verlieren, sorgt dafür, dass Männer respektvoll und anständig sind, obwohl dies sonst nicht der Fall ist.

„ Inflooence " ist die erste Cousine von Mrs. Grundy. Influenza ist König – Mrs. Grundy-Königin.

Beachten Sie, dass einige Männer ihr ruhiges und tugendhaftes Zuhause verlassen, wo Mrs. Grundys Augen überall sind, und nach New York gehen, wo Mrs. Grundy sie nicht beobachtet. Wie sehr sie darauf bedacht sind, den „Elefanten" zu sehen, und wie sehr sie grüne Waren und goldene Ziegel kaufen! Großartig ist „ Inflooence " – großartig ist Frau Grundy!

Ein schmutziger Landstreicher mit dickem Hals und knorriger Keule besitzt „ Inflooence ". Zumindest in ländlichen Gebieten werden seine Wünsche oft respektiert.

Jetzt bist du eine Frau. Du magst frei von Schuld sein und vielleicht auch nicht, aber wenn du die Reinheit selbst bist – das sage ich mit Bedauern! –, ist Unschuld im Jahr unseres Herrn 1891 kein ausreichender Schutzschild; Und wenn du schwach, müde und schmerzende Füße bist, von den Meilen um Meilen, die du durch Jahre der Ungerechtigkeit zurückgelegt hast, und die Menge dich an sich drückt, mit der Absicht, dich zu steinigen, dann ist es ein Wunder, wenn aus der Menge der Befehlende hervortritt Die Gestalt eines Mannes hebt seine Hand, um sie zu warnen, und sagt mit nicht lauter, aber für alle hörbarer Stimme:

„Wer ohne Sünde ist, werfe den ersten Stein!"

KAPITEL XXIII.
DER GEFRIERSCHRANK.

Der Gefrierschrank im Polizeirevier Nr. 10 ist ein sehr warmer Ort – ein Eisenkäfig, der auf einer Plattform in einem großen Steinraum aufgestellt ist; Der Käfig bestand aus drei Zoll voneinander entfernten Eisenstangen und hatte einen eisernen Boden. Die Möbel bestehen nur aus zwei Teilen, einer Holzbank und einem Eiseneimer. Dieser Käfig ist nach allen Seiten offen. „Um für Belüftung zu sorgen", sagte mir der Beamte, der mir die Stufen hinauf half. Er bemerkte, als die Gittertür mit einem Knacken zuschnappte: „Oh, jetzt, mein Charmeur, du wirst dich wie zu Hause fühlen, denn du warst schon oft hier. Oh, wir kennen dich, das wissen wir. Wenn Sie etwas wollen, besorgen Sie sich einfach die elektrische Klingel."

Diejenigen, die beides ausprobiert haben, sagen mir, dass diese Art von Zelle viel schlimmer zu fürchten ist als ein Kerker. Nach allen Seiten offen, das Licht grell; und jeder, der den Raum betritt, kann um den Käfig herumgehen und den unglücklichen Gefangenen von allen Seiten betrachten.

Es war Sonntagmorgen elf Uhr, als ich eingesperrt wurde, und etwa jede Stunde kam ein Beamter herein und sah mich an, als wäre ich ein wildes Tier. Einmal kamen zwei Männer zusammen und führten ein scherzhaftes Gespräch miteinander. Einer schien ein Philosoph zu sein, denn als sie hinausgingen, hörte ich ihn sagen: „Es übertrifft den Teufel, wie tief eine Frau fällt, wenn sie einen Fehler macht!"

Um sechs Uhr kam der Kapitän herein, und er wirkte vornehmer und rücksichtsvoller als alle Offiziere, die ich bisher gesehen hatte. Er nahm seine Mütze ab, lehnte sich an die Gitterstäbe meines Käfigs und sagte:

„Nun, du Frau, es tut mir furchtbar leid für dich und ich werde dir aus dieser misslichen Lage helfen. Ich weiß alles über dich genauso gut oder besser, als du es selbst weißt. Tatsächlich hat Ihr Partner, der alte Mann, die ganze Sache verraten – ein klares Geständnis abgelegt, wissen Sie – und er wird untergehen müssen. Wenn Sie jetzt alles in Ordnung bringen, können wir Sie freilassen. Wir wissen bereits alles darüber, möchten aber, dass Sie nur aus Formalität ein Geständnis ablegen, um den Fall dem Richter vorzulegen, der ein schrecklich weichherziger Mann ist und genau das tut, was ich ihm sage. Nun, meine Dame, was sagen Sie? Kommen Sie, soll ich den Käfig aufschließen und Sie ins Büro bringen, wo wir alles aufschreiben können? Komm, warum sprichst du nicht, hast du keine Zunge? Nun, du bist die seltsamste Frau! Kann nicht reden – was? Oh! Nun ja, für mich ist das natürlich kein Unterschied. Ich wollte dir nur einen Gefallen tun, aber du bist ungefähr genauso dankbar wie die meisten anderen beschmutzten Tauben.

Okay, du brauchst kein Wort zu sagen, wenn du nicht willst. Hey, Murphy, lass niemanden dieses Mädchen sehen. Brot und Wasser reichen auch. Sie hat keinen Appetit. Hören Sie ? – Ich gehe jetzt, Fräulein. Wenn Sie etwas zu sagen haben, ist es jetzt an der Zeit; Aber wenn Sie es vorziehen, den Käfig etwa eine Woche lang verschlossen zu halten , müssen Sie meiner Meinung nach Ihren eigenen Weg gehen. Wir sind jederzeit bereit, unseren Gästen entgegenzukommen. Du kannst doch nicht mal Danke sagen, oder?" (Zögert an der Tür – schaut zurück und geht).

Bang ging zur Außentür und ich war die Nacht allein – meine einzige Gesellschaft waren vier elektrische Lichter, die ein blendendes Licht erzeugten. Ich legte mich auf die Bank und versuchte zu schlafen. Dann habe ich es mit dem Boden versucht. Schließlich lehnte ich die Bank gegen die Gitterstäbe, und halb sitzend, halb liegend vergingen die langen Stunden wie ein unruhiger Albtraum .

Seitdem habe ich erfahren, dass Martha Heath, als sie mich im Streifenwagen sah, direkt zum Bahnhofsgebäude eilte, aber sie sagten ihr, ich sei nicht da, und zeigten ihr das Schreibblatt mit dem Namen „Mary Roe" – Bilkson hatte es erklärt dass mein richtiger Name unbekannt war, und außerdem sind sie leichter geneigt, ein Geständnis abzulegen, wenn sie einen Gefangenen in der Nähe halten.

Martha bestand darauf, Mary Roe zu sehen, von der es hieß, sie schliefe und dürfe nicht gestört werden. „Morgen anrufen", sagten sie. Martha bestand immer noch darauf, bis der Kapitän den Portier anbrüllte: „Hey, Sie, haben Sie eine freie Zelle für diese verrückte Frau?" Martha ließ sich von einer solchen Drohung nicht einschüchtern, also sagte sie: „Schon gut, steck mich in eine Zelle!" Ich wage es! Ich bin nicht besser als Aspasia Hobbs, und Sie haben sie eingesperrt." Der Kapitän nahm die hartnäckige Martha am Arm, führte sie zur Tür und führte sie die Stufen hinunter.

Das gute Mädchen sah, dass sie machtlos war, und da meine Mutter nichts von der Sache wusste, beschloss sie, bis Montagmorgen zu warten und dann notfalls Himmel und Hölle zu rühren, um mich rauszuholen.

Montagmorgen, hell und früh, gingen Mr. Bilkson und Mr. Woodbur Arm in Arm die South Division Street hinunter zum Cottage von Mrs. Hobbs, und Grimes führte sie in das kleine Wohnzimmer. Mrs. Hobbs trat ein und war erfreut darüber, dass zwei so angesehene Herren sie besuchen würden. und in ihrer Freude vergaß sie die Tageszeit und glaubte, es sei nur ein geselliger Besuch, denn auf der Delaware Avenue gab es ständig Anrufer. Was ist mit der South Division Street los ?

Beide Herren schüttelten der Witwe die Hand. Dann flüsterten sie miteinander. Dann sagte Woodbur :

"Herr. Bilkson , würden Sie bitte der Dame und auch mir den Gefallen tun, indem Sie eine stehende Position einnehmen?"

Bilkson gehorchte.

"Herr. Bilkson , werden Sie uns jetzt noch mehr entgegenkommen, indem Sie Ihren Mund aufmachen?"

Bilksons Gesicht öffnete sich zur Hälfte und offenbarte der nun völlig erstaunten Frau ein sehr zerrissenes Zahnfleisch und das Fehlen von Vorderzähnen.

„Das reicht, Herr Bilkson . Jetzt dein Auge."

Herr Bilkson entfernte den Verband von seinem linken Auge und enthüllte eine Symphonie in Schwarz, Blau und Gelb mit grünen Schattierungen.

„Das genügt, Mr. Bilkson – nehmen Sie Platz."

Woodbur blieb immer noch in tragischer Haltung stehen, die rechte Hand in den Busen seines zugeknöpften Mantels gesteckt. Plötzlich erhob er seine Stimme und rief:

„Madame, es war Ihre Tochter, die das getan hat – Ihre Tochter! Ja, Madame, Ihre Tochter! Ah, Sie bezweifeln es; aber ich habe den Beweis, Madame, den Beweis!" und er zog ein Exemplar der „ *Morning Times" hervor* , deren Tinte kaum trocken war, und las mit tiefer Grabesstimme den Artikel vor, den ich bereits erwähnt habe: „Beauty's Blowout" usw.

Zu seinen weiteren Leistungen gehörte, dass Mr. Woodbur ein Redner war, und Grimes erzählte mir später, dass er den Artikel so effektiv las und Mrs. Hobbs mit solch grimmigen Blicken über den Rand der Zeitung hinweg ansah, dass die gute Dame bei den letzten Worten in Ohnmacht fiel Hysteriker auf dem Sofa, schreiend:

„Oh, meine Tochter, meine Adoptivtochter! Warum hast du das getan? Warum hast du das getan? Hat uns blamiert! Du hast uns blamiert! Ich, der Ihnen vor unserer Pleite, als wir in der Avenue wohnten, einen Fußpfleger und einen Elocootionisten und eine Maniküre und die beste Bank in der Pfarrkirche von Rev. Doctor Fourthly zur Verfügung gestellt habe ! Ich, der dich erzogen und für dich gesorgt hat und dich nie an die Öffentlichkeit gehen ließ, sondern dich immer auf eine Privatschule schickte und dir Tanzen, Französisch und Musik beibrachte und zu deinen Ehren Tiddle de Winks und progressive Eucher-Partys veranstaltete ! Oh, warum, wwwhy-dd-hast du das gemacht -ttt !"

Dr. Bolus wurde eilig geholt und ihm wurden Morphium und Whisky verabreicht. Als meine Mutter beruhigt war (Woodbur und Bilkson waren inzwischen gegangen), rief der Arzt Grimes zu sich und fragte nach dem Grund für diesen Streit, der Mrs. Hobbs so verunsichert hatte.

„Irgendeine verdammte Lüge über ‚Pasia‘, die in der Zeitung steht", sagte Grimes. „Zwei Teufel mit hohen Hüten waren hier – einer hatte keine Zähne – und sie lasen die Zeitung an Mrs. Hobbs' Kopf, also warf sie einfach ihre Hände hoch und schreit und schreit und schreit und schreit und dankt Gott, dass ' Pasia ist nicht ihr eigenes Kind. Und dann weint sie wieder und macht so weiter , bis du kommst.

„Warum, warum ist das seltsam, sehr seltsam! Zweitens – was haben Sie gesagt, dass sie die Zeitung gelesen haben, Grimes? Seltsam! – Sag mal, du schwarzes Jungtier" (ruft einem farbigen Jungen zu, der sein Pferd an der Tür hält): „Geh in die Stadt, so schnell du kannst, und besorge mir eine *Times* . Spielen Sie unterwegs nicht mit Murmeln, sonst schneide ich Sie für ein Thema auf."

Der Junge kam bald mit der Zeitung zurück, und der Arzt rückte schnell seine Brille zurecht und las den Artikel. Er ließ das Papier aus seinen Händen fallen und saß erstaunt da.

„Es ist akute Demenz, gepaart mit Melancholie! Ich wusste es die ganze Zeit – erblich! Wer waren ihre Eltern, Mrs. Hobbs? Ach ja, das weißt du nicht. Das beweist es – erblich bedingt! Nimmt sich dem Verbrechen an wie eine Ente dem Wasser. Sie ist verrückt, das ist alles, Mrs. Hobbs, verrückt wie eine Bettwanze! Nehmen Sie nun diese Pulver, wie ich es Ihnen gesagt habe, Mrs. Hobbs – aber dann sollten wir das Mädchen rausholen. Was ist das! Großer Gott! Sie hat Bilkson getötet, haben Sie gesagt? Warum hast du mir nicht schon vor fünf Minuten gesagt, dass Bilkson hier ist? Oh, ich verstehe; sie *versuchte* ihn zu töten. Das ist anders."

„Und es ist schade, dass es ihr nicht gelungen ist!" unterbrach Grimes, der in der Tür stand.

„Willst du die Klappe halten, du alter Idiot!" schrie der Arzt. „Wie unverschämt die Diener heutzutage werden! Egal, Grimesy , du weißt es nicht besser. Ich werde um ein Uhr mit meiner Doppelkutsche hier sein, und wir werden alle hinaufgehen und Aspasia herausholen. Oh, ich sage, Grimes, wenn die alte Dame sie wieder hat, geben Sie einfach das Pulver in den Whisky und geben Sie ihr alle zehn Minuten einen Esslöffel voll, bis sie nachlässt – hören Sie?"

KAPITEL XXIV.
DER PROZESS.

SZENE – *Der Gefrierschrank – Officer Murphy kommt mit einem großen Schlüsselbund herein – öffnet die Käfigtür.*

MURPHY – Jetzt sind Sie da, meine Dame, machen Sie Ihre Toilette und bringen Sie Ihren Putz in Ordnung, denn in fünfzehn Minuten öffnet das Gericht und Sie sind der Erste auf der Liste. Doktor Bolus hat Ihnen viele Fragen aus dem Weg geräumt, nicht wahr? Herr, was für eine Angst hatte er, als ich ihm sagte, dass ich dich aus dem Käfig lassen würde! Und deine alte Frau schniefte auch und stand abseits, als wärst du es Ich werde einen Seitenhieb auf sie ausführen. Warum redest du nicht mit ihnen , meine Liebe? Du warst dieser schwarzäugigen jungen Frau gegenüber vertraulich genug. Sie weiß mehr als Bolus und alle anderen . Sie gab mir einen Dollar und sagte, ich solle dir ein schönes Frühstück besorgen, und du hast es auch bekommen, nicht wahr? Nun, hier ist der Dollar, ich will ihn nicht. Ich weiß nichts über dich, außer was der Schwarzäugige gesagt hat, aber dir geht es gut, ich weiß, dass du es weißt. Es ist alles nur ein großer, dummer Fehler, das ist es. Der Kapitän hat sich von diesem Woodbur- Hyster blenden lassen – bitte um Verzeihung, Miss, ich wollte nicht schwören. Oh, ich habe doch nicht geflucht, oder? Aber ich fühle mich so aufgewühlt, seit der Schwarzäugige mir von dir erzählt hat, dass ich fast vor dir fluchen würde . Ja, du siehst in Ordnung aus. Ja Sie ist zwar nicht ganz so groß wie die Schwarzäugige, aber ihre Passform passt ziemlich gut. Kommen Sie jetzt und haben Sie keine Angst – sehen Sie. Du hast noch nicht geweint und das darfst du auch jetzt nicht tun, sonst werde ich mich überstürzen. Der Jedge versucht, furchtbar verärgert auszusehen, aber er ist nicht halb so schlimm, wie die Leute denken. Haben Sie keine Angst vor ihm, und wenn er nicht zu satt ist, werden Sie problemlos davonkommen.

SZENE – *Polizeigericht – Richter Prince auf dem Thron – Officer Donahue mit Messingknöpfen, Helm und Knüppel steht neben dem Thron – Hustler, Bilkson und Woodbur unterhalten sich – Gemischte Zuschauermenge im Hintergrund.*

[*Oyez*, *Oyez*, etcetera, etcetera, etcetera].

RICHTER PRINCE (*Lesung.*) „Mary Roe, richtiger Name unbekannt. Erste Anklage: Diebstahl bei der Entnahme von Leim aus der Fabrik von Hustler & Co. Zweite Anklage: Trunkenheit und Unordnung. Dritte Anklage: Körperverletzung mit Tötungsabsicht.“ (*Gesprochen*) Nun, Herr Woodbur , Sie vertreten die Anklage – welche Anklage werden Sie ihr zur Last legen? Oh! Ich verstehe, das Letzte zuerst – Körperverletzung. Nun, bringen Sie Ihre Zeugen mit, und zwar schnell – hier sind (*mitgezählt*) einundzwanzig

Penner auf der Liste und der Aufstand in der polnischen Kirche, außerdem
– lass es gehen, Gallagher! Bilkson , der Name ist – Vorname? Warum ja,
natürlich kenne ich in meiner inoffiziellen Eigenschaft Ihren Namen, aber
das Gericht sollte nichts wissen – Woodbur , können Sie dieses Lachen nicht
unterlassen? John Bilkson – wie zum Teufel heißt der Mann, der so mit
offenem Mund dasteht? Ja, jemand könnte hineinfallen. Oh, deine Zähne
sind weg! Ja ich sehe. Halten Sie das Beefsteak auf dem Herd – bald wird
alles gut. Der *Express* Ich habe in der letzten Lektion auch versucht, mir ein
blaues Auge zu verpassen. Haben sie es getan? Nicht, wenn sich das Gericht
so versteht, wie Schalkopp sagt. Ja, sie fährt Fahrrad – das ist richtig, machen
Sie sie so schlimm wie möglich raus – warten Sie, lassen Sie mich das
aufschreiben (*Schreiben – an den Beamten, der wie eine Statue in der Nähe steht*)
Donahue, wie zum Teufel schreibt man das? Bi--nennen Sie es ein bi- i -ke
und lassen Sie ihn gehen? Ja mach weiter. Ich bin ganz Ohr. (*Mit Brüllen.*)
Stille im Gerichtssaal.

Du hast versucht, die Verhaftung friedlich herbeizuführen, und dann bist du
die Leiter hinaufgestiegen, und sie hat dich mit einer Axt geschlagen –
allerdings nicht mit einer Axt, Bilkson , komm her, sie wäre dir klar durch
den Schädel gegangen, so dick er auch ist. Oh, lass los! Sie hat dich
geschlagen, das reicht – mit einem unbekannten Weinwort. Also gut, machen
Sie weiter – Donahue, bringen Sie den Kabeljau-Däbel zum Narren und
halten Sie die Höhle still. Hast du mir nicht dreimal gezeigt, dass sie dir die
Zähne ausgeschlagen hat?

Oh ja, Sie haben das Haus durchsucht und keinen Kleber gefunden. Nun,
was wäre, wenn sie jeden Samstag ein Paket wegtragen würde – woher weiß
man, dass es Leim war? Hat denn denn irgendjemand das Recht, ein Paket
zu tragen, ohne von einem dummen Leimmacher angegriffen zu werden ? –
Nun, das ist in Ordnung – lassen Sie mich ab und zu ein Wort sagen – es
gibt keinen Beweis dafür, dass sie jemals einen Cent gestohlen hat Leimwert;
und außerdem hattest du da draußen nichts damit zu tun , um drei Uhr
morgens in ihrem Zimmer aufzustehen, wenn du keinen Termin mit ihr
hattest – (*beiseite* – Eh! Donahue, wie ist das!!) Nein Sir; Und du auch,
Woodbur , du alter Hartnäckiger, warum zum Teufel versuchst du immer ,
anständige Leute in Schwierigkeiten zu bringen? Haben es Frauen nicht
schwer genug, ohne von einem dickbäuchigen Gauner verfolgt zu werden,
einer Mischung aus Detektiv und Anwalt, der einen hohen weißen Hut mit
schwarzem Band trägt, was bedeutet, dass er um seinen Verlust trauert?
Tugend? – Halten Sie doch die Klappe. Sag mir nichts, Woodbur ! Ich stehe
mit beiden Beinen auf dir. Du hast weder dem Mädchen noch dem Mann
etwas bewiesen. Der alte Kerl hat das Mädchen doch in den Wald gelockt,
nicht wahr? Woher wissen Sie, dass er es getan hat? Sind Sie ein
Gedankenleser? Nun, ich sehe keinen Fehler in ihm. Ich werde ihn geißeln

und gehen lassen – das heißt, ich werde ihm nach allgemeinen Grundsätzen eine Geldstrafe von fünf Dollar wegen ordnungswidrigem Verhalten auferlegen und ihn rausschmeißen. Halt den Mund, du dreckiger Schurke! Verdammt, Woodbur , wer leitet dieses Gericht überhaupt, du oder ich? Was muss ich bei Doctor Bolus beachten? Zum Teufel mit Bolus! Wo ist er? Ich gebe ihm dreißig Tage. Das Mädchen ist nicht verrückt. Sie ist nicht verrückt, sage ich Ihnen – sie hat mehr Verstand als jeder andere im Gerichtssaal außer mir – (*abgesehen davon* – Äh, Donahue?) Natürlich würde sie ihre Fragen nicht beantworten. Ich würde es auch nicht tun. Hier verhaftet man einen Mann und eine Frau aufgrund eines bloß haltlosen Verdachts oder weil man Groll gegen sie hegt, und dann wendet sich die gesamte Polizeibehörde an sie und versucht, die Verhaftung zu rechtfertigen, indem sie ihre Charaktere anschwärzt. Wenn Sie einmal einem Mann in die Hände fallen, stellen Sie den Bezirk auf den Kopf und verurteilen ihn – wenn Sie wissen, dass er nicht schuldig ist, Sie aber nur daran arbeiten, sich einen guten Ruf zu verschaffen. Ich bin betrunken, nicht wahr, Bilkson ? Hier, Sie Angestellter, Mr. Bilkson wird wegen Missachtung des Gerichts mit einer Geldstrafe von fünf Dollar belegt. Was ist das? Ich habe kein Recht, dir eine Geldstrafe zu verhängen? Oh nein, das ist so, das habe ich nicht? – Machen Sie zehn, Herr Angestellter. Nein, Sir, ich werde dem alten Mann nicht einmal eine Geldstrafe auferlegen, aber ich werde eine Geldstrafe gegen Sie verhängen, Woodbur , wenn Sie mir noch mehr von Ihrem Kiefer geben. Du Bileams Esel – du machst mich müde! Du sagst, du hättest sie da draußen zusammen gefunden. Nun, du alter Verdammter, hat das Mädchen nicht das Mündigkeitsalter erreicht? (*Beiseite – Äh – Donahue, wie ist das?*) *Stille im Gerichtssaal!!* Verschwinde hier, Mary Roe alias Aspasia Hobbs. Hüpfen Sie, John Doe, und tauchen Sie nie wieder hier auf! Du bist alt genug, um es besser zu wissen. Großartiger Scott, Bilkson , hast du diese Höhle noch nicht verschlossen? Ja, ich weiß, dass sie dir die Zähne ausgeschlagen hat. Ich bin sehr froh darüber. (*Beiseite* – Äh! Donahue?)

Nächste!

Martha Heath nahm meinen Arm, als wir die Stufen vom Gerichtssaal hinuntergingen, und der Mann ging an meiner Seite. Ich schaute ihn an und auf dem sanften Gesicht konnte ich nicht den geringsten Ausdruck von Unruhe, Unruhe oder nervöser Anspannung erkennen. Während meine Nerven durch die Erfahrung der letzten drei Tage völlig entspannt waren, sah er so erfrischt aus, als käme er gerade aus dem ruhigen und erholsamen Wald. Er hatte keinen Hut – die gleiche prächtige Haltung des Kopfes – ruhig, gelassen. Er richtete seine verwunderten, sanften Augen auf mich, während wir einen Moment lang auf dem Gehweg standen. Er sprach nicht. Ich bemerkte die feste Brust, den stark behaarten Hals, den massiven Kopf mit dem schneeweißen, gewellten Haar, das Gesicht mit den großen Gesichtszügen und vom Kuss der Sommersonne gebräunt, das magere Fleisch, als wäre es von männlicher Enthaltsamkeit gemeißelt, schlicht, aber alles geprägt vom Siegel furchtloser Ehrlichkeit, die Lippen öffneten sich und zeigten die starken weißen Zähne, die Stimme klang leise, aber fest,

„Wenn ich weggehe , komme ich wieder" – er drehte sich um und verlor sich in der Menge.

DAS ENDE.

FUSSNOTEN:

[1] Aus Angst, dass einige glauben könnten, dass der Charakter von Mr. Straight, dem Schulleiter, nicht dem Leben entspricht und dass ein solcher Mann diese Position nicht bekleiden könnte, muss erklärt werden, dass dieses Amt in der Stadt Buffalo liegt eine Wahlwahl und wird von der Person gehalten, die in der Lage ist, die Fraktion zu kontrollieren und die Stimmen zu sichern; Daher hat der Herr ganz natürlich ein Auge auf die Wahlen im nächsten Jahr, und wenn er neue Lehrer ernennt, akzeptiert er diejenigen (natürlich vorausgesetzt, sie sind kompetent), die am besten von einflussreichen Freunden unterstützt werden. Es muss jedoch gesagt werden, dass der derzeitige Amtsinhaber ein äußerst würdiger und kompetenter Mann ist und dass die Schullehrer von Buffalo an Eignung denen der meisten anderen Städte überlegen sind; aber diese beiden Tatsachen entkräften nicht im Geringsten den gefährlichen Grundsatz, das Amt des Schulleiters politisch zu besetzen.

[2] Es ist eine Tatsache, die allen Studenten bekannt ist, dass Shakespeare der erste Dramatiker war, der das Doppelspiel schrieb – das heißt die erste Handlung mit großen Charakteren und einer zweiten Geschichte, die von den unteren oder komödiantischen Charakteren ausgearbeitet wurde. Diese Besonderheit machen sich mittlerweile alle Theaterautoren zunutze. Hinweis: *Der Kaufmann von Venedig* , *Wie es euch gefällt* , *Komödie der Irrtümer* usw.

www.ingramcontent.com/pod-product-compliance
Lightning Source LLC
LaVergne TN
LVHW041726190726
843493LV00007B/2224